我是阿尔法

从星光大道走向联合国的
正　能　量　小　王　子

help me for love

阿尔法 ////// 著

谢谢你们给予我支持，
给予我荣耀，
给予我坚持的力量

Arafat Arslan

告诉爱着我的你们：
这就是我，
我很好！

Arafat Arslan

目录

Arafat Arslan

Chapter 4 我的梦想

Chapter 5 我的生活

Chapter 6 有意义的事情

Preface **推荐序**

毕姥爷要你快乐成长

/ 毕福剑

/ 中央电视台著名主持人

我第一次见到小阿尔法，是他来上《星光大道》。那时他才五六岁，非常小，我不禁在心里叫道：哎哟，这小孩真漂亮，也真可爱。这个维吾尔族小男孩每次见我都特淘气，往我身上爬，一会儿骑肩膀，一会儿趴在我脑袋上。

那时候，《星光大道》对小孩没有限制；现在对小朋友上《星光大道》节目有限制了，因为在节目中，小孩被淘汰与不被淘汰对他的人生都可能有重大影响，我们必须慎重。

阿尔法参加《星光大道》比赛的时候还很小，艺术造诣肯定还不够高，被淘汰的一瞬间在台上哇哇地哭起来，真让人心里难受。这引起了我们的注意：这么点大的小孩参加成年人的比赛，获胜是不可能的，他不可能超过成年人；但另一方面，小孩来参赛，大家都喜欢看，带来的收视率是很高的。尽管当时小阿尔法被淘汰了，可是在反败为胜环节的时候又请他来了，大家就喜欢看他嘛。

我没记错的话，年赛的时候他也来了。那时，他的歌唱得应该说不是特别好，但他的可爱劲一般小孩子比不上。另外他跳舞跳得特别好，这是维吾尔族小朋友的天分，所以全剧组没有不喜欢他的。这小家伙劲头也足，逮着谁都逗。

我们曾经和明星足球队到外地踢球。阿尔法好像比我的闺女小几岁，那时他七八岁吧，我闺女十来岁。这两个小家伙一天到晚掐架，人家捏了面人，给了我闺女两个，阿尔法就死活跟我闺女要。我闺女说，我不能给你，因为你是名人，人家可以再给你，我要是给了你，我自己就捞不着了。我还说我闺女，你怎么这样对待小弟弟啊。她说，我在加拿大都知道这个阿尔法在中国很有名，但是这么有名的人，为什么还要跟我要小面人。那时阿尔法也小，他说，我有名，但是我没有小面人啊，我还得跟你要啊！

现在阿尔法确实见过世面了，也给小孩子们做了榜样，但仍然锲而不舍地奋斗，背后还在练唱歌。人有名了身不由己，社会都需要他，有的时候自己都把握不住。我希望他既要顺应这个社会，也要有一定的文化基础知识。我感觉他做得还不错，文化课没放松。现在各种邀请活动很多，对于公益活动，他都无代价地去参加，这小孩非常有爱心。

阿尔法现在有十四岁了，一转眼快成小伙子了，希望他变声期间要少唱歌，过了变声期再说。

他经常和我们成年人一起踢球，如今比赛都可以让他上。除了身体单薄了一点，其他方面都比较成熟，因为他的成长比其他小孩要早一些。我经常跟他说不要非得图名图利（这点上我不按照常规说话），生活好了，把自己做好了，做个一般的堂堂正正的维吾尔族男子汉就足矣，至于能不能成名，那就随天意吧。大家要特别喜欢你，那就成名也没办法；如果没有这个机会，也没必要花费这个精力苦苦去攻，苦往这上面去熬，那会给人带来相当多的负担。

祝愿阿尔法早一点成人，早一点成为国家的栋梁。

Chapter 1

我的家庭

我出生在美丽的新疆乌鲁木齐一个白雪皑皑的冬天。听妈妈说，她怀我的时候，有一天晚上梦见一条大龙扑向她，把她吓醒了。于是有老人告诉她，她怀的可能是个男孩。

外婆起的名字

我出生在美丽的新疆乌鲁木齐一个白雪皑皑的冬天。听妈妈说，她怀我的时候，有一天晚上梦见一条大龙扑向她，把她吓醒了。于是有老人告诉她，她怀的可能是个男孩。

在妈妈肚子里的时候，我就很好动，老是拿脚踢她。一次，妈妈无意中发现只要有音乐，我就很安静。后来，只要我在妈妈的肚子里踢她，她就放音乐，于是我就睡着了，我妈也就能睡着。我出生后，爸爸接着用这招：如果我哭闹，他放音乐；如果他想看我像跳舞一样摆动身体，他放音乐；如果我饿得哭，他也放音乐；如果我听到音乐后停一小会儿接着哭，他就知道我确实是饿了，放啥音乐也不管用了，就叫

我妈来喂奶。所以我从在妈妈肚子里就开始喜欢音乐了，现在晚上我还是会戴着耳机，听着音乐睡觉。睡着了，我妈再帮我把耳机拿开。我妈说这是坏习惯，但我现在还改不了。

我妈生完我就在外婆家坐月子。我外婆叫古丽尼沙·斯拉木，生前是新疆维吾尔自治区人民医院烧伤科的专家级大夫。我妈经常用既骄傲又羡慕的口气说："你外婆按现在的话说就是女强人，一心扑在工作上，几乎年年被评为医院的先进工作者，还被评为全国'三八红旗手'，当选过全国人大代表，和邓颖超合过影。她自己研发的烧伤二号药，无偿地贡献给了医院，至今都在给病人用。你外婆在工作上没得说，但对家里事情绝对是甩手掌柜，全部由你外公来做。比如从来不做饭，都是你外公做好饭，她吃了就去上

Arafat Arslan

班。你外婆有你外公真是享福了。”

这个不一般的外婆，还很有学问，就是她老人家从维吾尔族古老的书中找出“阿尔法”这个词，意思是勇士、勇敢。她把它作为我的名字，我爸爸妈妈也觉得挺好，于是就这么定下来。

我的爸爸叫阿尔斯兰，是勇士的意思，所以我的全名就叫阿尔法·阿尔斯兰。我大姐叫尼鲁帕尔，是荷花的意思；小姐姐叫艾菲热，是人民的意思。我们维吾尔族人的名字都有美好的寓意，代表长辈对我们美好的祝愿。

爷爷的礼物

我的爷爷叫买买提尼牙孜哈日。我出生的时候，爷爷已经去世了。我没有见到过他，但他对我的影响一直存在。

前些日子，妈妈给我看了一份由政协新疆维吾尔自治区委员会为我爷爷发的讣告，我对爷爷有了更加理性的认知。讣告中第一段写道：“新疆维吾尔自治区政协副主席、全国工商联常委、自治区工商联副主任委员买买提尼牙孜哈日，因病抢救无效，于1991年12月3日14时10分（乌鲁木齐时间）不幸逝世，享年83岁。”

其实讣文中让我印象深刻的是，爷爷在修路时曾捐赠500只羊，在修建学校时捐1800只羊，抗美援朝时捐3000只羊、50头大畜、1000普特小麦，等等。

我觉得我爷爷是个善良的、助人为乐的人。

讣告中肯定了我爷爷为党为人民所做的贡献。爷爷也曾是全国人大代表，当年他去北京参加代表大会的时候，受到毛主席的接见，毛主席送给他一身中山装，这被他看成是很高的荣誉。他从北京穿回来以后，就再也舍不得穿，让我奶奶叠起来还用布包好放在箱子里珍藏起来，是我们家的传家宝了。

2009 年，5 月 30 日，我在新疆人民大会堂做个人演唱会，除了是申请吉尼斯最小年龄办演唱会歌手纪录，更重要的是为了捐资助学募捐，为了让我们新疆的贫困小朋友有更多的学习机会。那天我奶奶也到现场看了我的演出，很多家长带着孩子也来了，他们都穿着节日的盛装。

奶奶看了我的演出很高兴，非常高兴。第二天，她把我们家人都叫到她跟前，她说她年龄大了，她老了，她现在就要把爷爷留下来的珍贵中山装传给我，因为她觉得我在所有家人里面最接近爷爷的精神，多为人们做好事，尽自己的力量去帮助人。

她让我大婶子打开箱子，取出中山装交给我，我穿了一下中山装，太大了，但奶奶很满意的样子，我就说，奶奶，以后我会穿的，现在还是收起来吧。奶奶就郑重地让我妈收好。我想，这算是爷爷给我的礼物吧，也是亲人们对我的肯定和鼓励，我很高兴。我也会努力成为一个对社会对人民有用的人。

这件中山装是很具体的礼物，但爷爷给我的精神上的礼物更重要——好好做人，做善良的人，做一个乐于帮助别人的人。我也发现，当我能够帮助别人的时候，我自己也很开心。

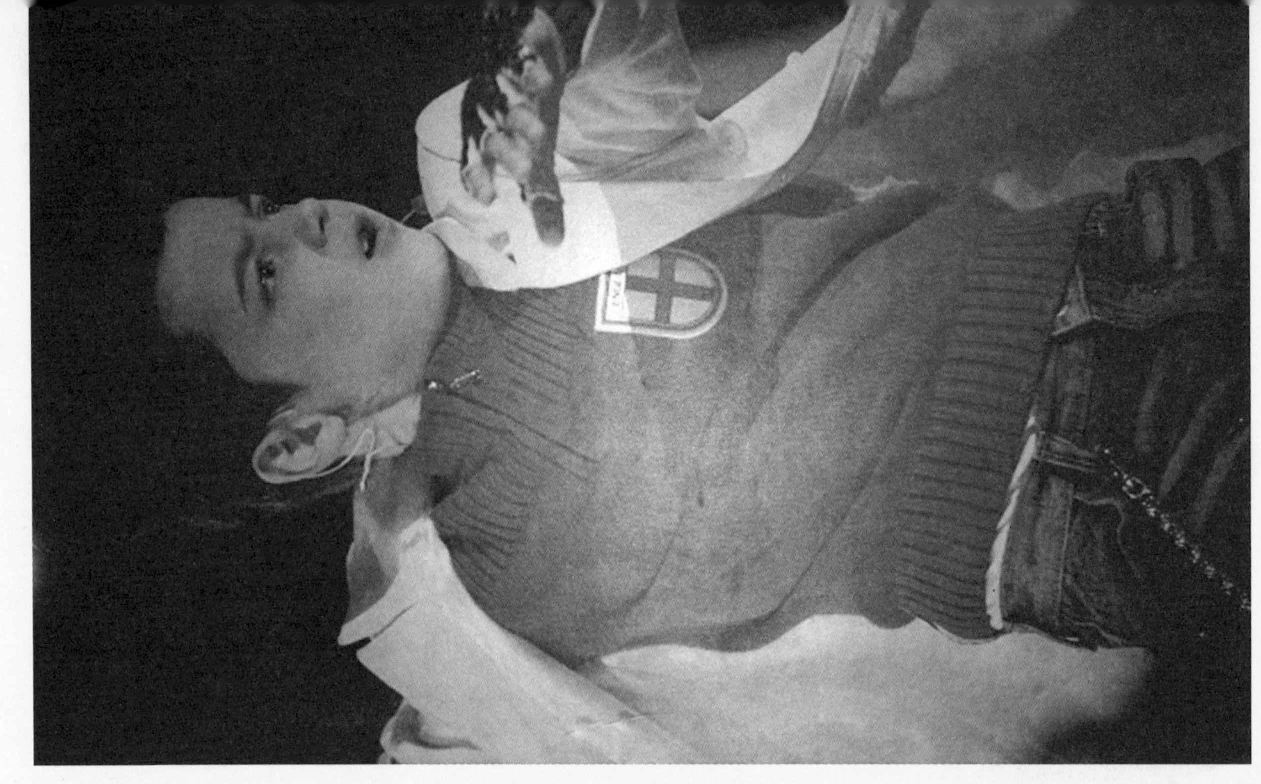

018

Arafat Arslan

奶奶去世那天我在录节目

我和奶奶很亲近，只要回新疆，下了飞机，我通常是第一时间去看我奶奶。见了面我一定会亲亲她，抱抱她。

我奶奶是个胖胖的慈祥的老人，我妈妈也很喜欢她。我妈说我奶奶年轻的时候是个大美人，现在虽然老了，也有着富态的美。

奶奶很幸福，她的孩子们都很孝顺她，住得最远的也经常从塔城来看她，还有孙子们也经常来看她。妈妈说，奶奶很会保养，每天早上都要吃两个鸡蛋，鸡蛋只在热水里滚一下就拿出来吃，还很爱喝奶茶。

有一次我回到乌鲁木齐，习惯性地去摸奶奶腿上的胖肉肉，结果发现很不对劲：她的腿肿得很厉害，

我用手一使劲就按出个坑来。我就叫我妈过来看，然后说：“妈，明天你一定要带奶奶去医院啊！”

第二天我妈带奶奶去医院看病，医生要求奶奶住院。那次我奶奶住了一个多月的医院，腿的浮肿才控制住。我们都很心疼她。

2012 年 2 月在北京，我妈开车带我去梅地亚七彩星球录节目。在路上，她接了一个电话。当时我坐在后排，听见我妈的声音都变了，好像要哭的腔调。我赶忙问：“谁打的电话？”我妈说：“你爸。说你奶奶病得比较严重，已经送到医院里了。”

我心里感觉不好，给舅舅打了个电话，我说：“舅舅，我爸他们还在医院吗？” 舅舅不知道我爸和我妈通了电话，说：“是的，你奶奶走了，他们都在医院。”我虽然感觉不对，但也没有这个心理准备，几乎叫起

来：“你说什么？我奶奶走了，走了是什么意思！”舅舅支吾起来，显然已经意识到我之前不知道奶奶走了，就说先打电话向我爸问问情况，回头再给我打。

我立刻激动地对我妈说：“刚才舅舅说奶奶走了，又说现在给我爸打电话问是怎么回事。走了就是去世了对吗？”

我妈镇定地说：“他搞错了，你奶奶是病危！”然后就沉默了。

我也沉默了，心里却打起了鼓，得给我爸打电话。我就拨了我爸的电话，电话响了很久他才接。我问他奶奶怎么了，他说奶奶病危还在抢救，要我好好地录节目。我就更加奇怪了，他的声音听起来像得了感冒一样，语气也无精打采的。他让我好好录节目，和我问的问题一点都没有联系。

我又给我大婶子打电话。大伯家离奶奶家很近，有什么事情，大婶子一定知道。电话一接通，大婶子叫了我一句“阿尔法”，就大哭起来。我直接问：“是奶奶去世了吗？”大婶子说是的，我爸他们还在医院，她先回来了，我奶奶已经去世一个多小时了。

我压住火，加重语气对我妈说：“大婶子说奶奶去世都一个多小时了，你和我爸干吗不和我说实话啊？你们都对我撒谎，有必要吗！”

这时，我们的车刚好到了梅地亚的院子里。我怒气冲冲地下车，直接上了楼，我妈叫我我也不听。

我妈上楼的时候，我坐在一边默默流泪。她先去问导演我们的节目什么时候开始录，得到可能要推后3个小时的回答后，才在离我不远处坐下，也开始流泪。

我俩就这样坐了一会儿，我妈开始和我说话：“孩子，刚才在车上你爸打电话的时候就和我说你奶奶去世了，那时他都哭了。我说我们在去录节目的路上，你爸说那就先不要告诉你，怕影响你演出时的情绪。因为知道你和奶奶感情最好了，想着节目录完就告诉你。说奶奶病危了，是想给你个心理准备，我们不是要骗你，是想晚一点告诉你，等你录完节目后告诉你。孩子，你现在是个艺人，任何事情都不能影响演出情绪，你要是知道奶奶走了，在舞台上你的脸就会表现出来，就不会是愉快的样子啊。”

妈妈为了让我放心，立刻给一直帮我们订机票的人打了电话，要求订第二天最早的航班飞往乌鲁木齐，因为我们维吾尔族的规矩是人去世后第二天中午就要入土为安，所以我们要赶在明天中午以前回去，才能

和奶奶见上最后一面。

结果第二天早上经济舱的机票各个航空公司已经全部售完，只有一家航空公司还有两张头等舱的机票，我妈也毫不犹豫地买了。

当天晚上录完节目已经一点多了，到家两点多，我们四点多起床往机场赶。十一点多到乌鲁木齐，见到奶奶的遗容，我不禁放声大哭。这是我第一次经历亲人间的生死永别。爸爸说奶奶走得很突然，但很安详。

我亲爱的奶奶以九十六岁的高龄去世了，人们说，这也叫仙逝或者驾鹤西去。我觉得奶奶一定是驾鹤西去了，她的腿老是肿，当然不能走路。

7月，我们一行人去美国演出交流。下飞机到达美国的当天，八十多岁高龄的老艺术家秦怡老师的家

人打来电话说，她的姐姐去世了，希望她回去见最后一面。秦怡老师当时说，我们出来演出是代表国家做文化交流，一切以工作为重。于是她留下了，只让来照顾她的女儿代表她飞回去。我们都被她深深地感动了，我妈更是从此开始崇拜她，说她真不是一般的人，值得人们的尊重与爱戴。

爸爸是我的领舞者

我的爸爸阿尔斯兰是个热情的人，但是初次见面你会对他有相反的印象：不爱说话，很严肃。他其实能歌善舞，年轻的时候做过演员，演出过很多我们新疆的电影，多数时候还是男一号。因为太英俊，喜欢他的姑娘多（当然那时他的头发也很多，呵呵）。我妈妈说，他俩刚开始交往的时候，她还很不自信，是我爸爸的积极主动打动了她。

爸爸对我的要求很严格，尤其做人方面。

我六七岁的时候，有次演出完了很多人一起吃饭。我们要的菜迟迟没有上来，我也饿了，就喊："服务员，我们的菜怎么还没有上啊？"我爸立马拉下脸来，很严肃地对我说："阿尔法，你这样很没有礼貌。一，公众场合不能大声叫喊。 二，'服务员'不是你这么小的孩子该叫的，乱称呼人也是对人的不尊重！如果你有事情，可以等服务员走近你的时候再问，如果你着急可以用手示意她过来你再问。服务员是女性，你要叫服务员阿姨或服务员姐姐；服务员是男性，你要叫服务员叔叔或者服务员哥哥。”

当着很多人的面，我有点不好意思，但从那以后，我很注意和人打交道时的礼貌问题。其实偶尔我还是会犯错误，但都会及时改正。比如有一次我又叫服务员，爸爸只是看着我叫了一句：“阿尔法！”我马上就明白了，连忙说：“爸爸，对不起，我错了！”

每当我爸教育我之后，我妈总会补充说明：“嗯，儿子，你爸今天说得有道理！你要记住了！”

2004年秋天，我五岁半，妈妈带我到北京参加中央电视台的《非常6+1》节目。我是第一次出远门，非常兴奋。第一次住宾馆，我高兴地在宾馆的床上不停地跳来跳去，仿佛那是世界上最好玩的事情，我妈说我我也不听了。

我不听话，加上我的舞蹈编排得不是很好，我妈

说不像新疆舞，于是只好让我爸从乌鲁木齐赶来。节目组事先没有让我知道我爸要来，所以当他拿着箱子进门，我就特高兴地扑到他怀里。我爸按照节目组的要求很快问我舞蹈跳得怎么样了，听妈妈的话没有。我回答不上来，心里也害怕，就哇地哭出来。我爸赶紧拥抱我，安慰我，并趁机说："那我们好好练舞蹈好不好啊？"

我哭着猛点头，我爸就带着我跳舞，我也很认真地跟着他学，这个过程都被节目组拍下来，李咏叔叔还在现场播放。我确实挺怕我爸的，我怕他对我不满意。

那次《非常 6+1》，我爸爸妈妈都在台下看我表演，紧张得不行。最后我得了"非常明星奖"，我爸很高兴，说我的表演非常到位，比他预料的还好。我妈觉得我的蓝衣服、蓝帽子漂亮，我像个小王子，她

皮皮狗
pipidog

很骄傲。

他们两个都激动地哭了。

2006年夏，我的第一部电影负责人找到我，请我演一个远古的波斯国的小王子。全家人都很重视，很自然地决定爸爸陪我进剧组，因为他以前做过演员，进剧组对我拍戏一定会有帮助。结果我们刚进剧组，一部在新疆境内取景拍摄的好莱坞电影就要请爸爸出演一个戏份很重的角色。爸爸开始很高兴，后来想了想，为了使我能在自己的第一部电影中有好的表现，还是忍痛割爱放弃了那次演戏机会。因为那时我的汉语水平有限，又没有任何电影表演经验。从那时起，我的每部电影和电视剧拍摄时都是我爸陪着我。

然而令人遗憾的是，好像因为资金问题，我的第一部电影并没有拍完。

2007 年夏天，我还不到九岁，爸爸陪我去库尔勒演出。我们是从乌鲁木齐坐火车去的，同行的还有翊琳姑、龙宝、小天哥和我表哥。一路上他们都在逗我开心，和我玩。其实爸爸很少带我出来演出（一般是妈妈带我），但因为我的外公前一天去世了，妈妈留下来参加葬礼，不能陪我来。

我们贴着玻璃往外看，新疆真是大啊，大片的戈壁滩一望无际，偶尔闪过沙枣树、野生动物，还有很大的白色风车。拉西瓜和西红柿的汽车全是加长的，一辆接着一辆，我从来没有见过那么多的西红柿。

我们一行人第二天早上到了库尔勒，主办方接到我们，安排了宾馆，带我们去吃早餐。吃完早餐，负责接待我们的叔叔问我想干啥，我说我要去游乐园。爸爸开始不同意，怕不安全，后来经不住我的不断请求，同意了。我对库尔勒很有好感，因为这是我第一次在演出之前还可以有时间在游乐场玩。

从摩天轮下来的时候，我的腿都软了，龙宝比我小两岁，被吓得连脸都是死白死白的。我对他说："男子汉，你不准哭啊！"他很勉强地笑了。

吃完午饭，休息了一会儿，我们在 5 点左右被安排去了演出现场。记得那是为了申奥的一台晚会，很多当地的小演员也都早早带妆到了现场。我大概在 6 点就穿好了演出服，红皮革上衣，黑皮革裤子。衣服不透气，又是夏天，快到 8 点时，我的背上就奇痒无比。我爸掀起我的衣服一看，满背都是起的痱子，我痒得哭起来。周围全是人，还有小朋友要和我合影，我总不能把衣服全脱了，光着上身吧。我爸只好一直

掀着我的衣服，不停地给我扇风，我才感觉好受一点。

轮到我演出时，已经10点多了。我唱了三首歌，并祝外公在天堂快乐。回到宾馆，我们和大家一起去吃了宵夜，然后谢绝了他们的挽留，主办方派了一辆商务车送我们连夜返回乌鲁木齐。我们一行6个人，他们都坐在前面，我和爸爸坐在最后一排。

开始大家还很兴奋，看着车窗外被月光笼罩的景色，很快就安静下来，因为都累了。爸爸让我躺在他的腿上，侧着身子，免得捂着我的后背。虽然我已经换上了短袖上衣，但因为怕我们着凉，冷气只开了一点点，车里不是很凉快，于是爸爸几乎一夜没睡，拿着一个不知哪儿找的硬纸壳给我扇后背，就这样他扇一会儿，眯一会儿眼，又扇一会儿，再眯一会儿，一直到第二天早上8点多，我们顺利地到了乌鲁木齐。

后来翊琳姑对我爸爸感慨道："真是难得一见的铁汉柔情啊！你昨晚整个一个老母鸡护着小鸡的形象，散发着母性的光芒。"我想这是爸爸深爱我的样子吧。

2008年4月，我参加了电影《武当少年》的拍摄。我们剧组获得特批，可以在武当山景区拍摄，所以每天都会有游客看我们拍戏。爸爸和妈妈已经达成了一种默契，拍戏基本是我爸陪着我，因为他以前是演员，可以在表演上对我进行指导。

有一天是在武当山的太子庙拍戏，下午天气很好，中间转场，我和小演员们嬉闹着玩耍。这时来了一群游客，有人认出我来，很高兴地和我打招呼。有一个叔叔很兴奋，就要和我"比武"。我俩就瞎比划，结果他一掌拍过来，我躲闪不及，他的巴掌打在我的鼻子上，鼻子一下子就流血了。那个叔叔赶忙道歉，同行的人说中午他们喝了酒，他就手下没轻重了。

我爸爸闻讯赶来，一看我鼻子流血，就发火了，情绪很激动，上前抓住那叔叔，质问他怎么打孩子。那个叔叔可能是懵头了，竟然无法回答。我爸更气了，说："你一个大人怎么可以打一个小孩子！他鼻子都流血了，我也把你的鼻子打流血行不行？"其实我爸的汉语已经说得很好了，但是，内地人听他说话，尤其是发脾气时说的话，加上他的长相，那个叔叔也没反应过来他是谁，怎么一个长得像老外的人，对着自己说一堆听不明白的话。

后来还是小演员丫丫的妈妈给我爸爸解释清楚了：我和那个叔叔是闹着玩时，他不小心把我鼻子弄流血了，叔叔已经道过歉了。丫丫妈妈又对那个

叔叔说："他是阿尔法的爸爸，以为你是故意欺负孩子。你又不说话，不表态，他很生气。"

听完丫丫妈妈解释，那个叔叔才搞清楚我爸爸的意思，再一次道歉。

误会解除了，剧组送我到医院做了检查，还好，鼻子没歪。爸爸松了口气，我悄悄地对他说："爸爸，你以后能不能不发那么大的脾气啊！"爸爸摸了一下我的头说："孩子，今天的事情我确实有些冲动，尤其当时有那么多游客和剧组的演员、工作人员，我应该冷静些。你看我一着急，讲的话他又听不懂，我也差一点动手！"停了一会儿，爸爸又说："孩子，你长这么大，这是我第一次见你身上流血，我真的很心疼。"那次的事情让我知道，爸爸为了使我不受伤害，可以变得和老虎一样厉害。

我爸还有一个教育我的独特地点，就是在车里。比如我们去演出，赶飞机起得早，在车上看见环卫工人天还没有亮就在打扫卫生，我爸就说，你看这些叔叔阿姨多辛苦，所以我们不能乱扔东西，要爱护环境。我也觉得爸爸说的是对的，所以把在车上剥下的糖纸啊果皮啊带到有垃圾桶的地方再扔，绝不从车窗扔到外面去。我爸还教我要学会休息，说只有休息好了，才能更好地演出，所以我基本上上车就睡觉，下车就醒。坐飞机也一样，我都能很快入睡。

妈妈一直陪在我身边

说起我的妈妈热西丹·肉孜，要提到的事情就多了。因为从2004年起在北京参加《非常6+1》比赛到现在十个年头了，基本都是我妈陪着我。最开始在北京我们住地下室招待所，后来租房子住，再后来买了房子。其实起初我妈只是想满足我喜爱音乐舞蹈的愿望，带我到北京来见见世面，比赛完了就回新疆了。后来看到大家还比较喜欢我认可我，就决定陪我留在北京发展了。

近十年间，我妈陪着我成长，使我愣是从一个演艺圈的门外汉成长为一个准专业人士。我刚开始演出的时候，她对明星几乎不认识：SHE、Twins、范冰冰、李冰冰她分不清，黄晓明她也不认识，说到郭富城她会说："就是那个'动起来，动起来'？"那时候我妈连歌坛一哥孙楠、一姐那英也不认识……好了，我不能再说了，再说可能会得罪人。

看见别人合影我妈也让我去合影，经常是过了几天，在电视或报纸上看到和我合影的明星，她才把人和名字对上号。如果你说她怎么连某某都不认识，那我妈有个最强大的理由等着你："他又不是赵本山！"或者说："他又不是成龙！"如果你说这些都是唱歌的，她会说："他又不是刘欢！"妈妈是在对艺人们一点一点的认识中渐渐熟悉演艺圈的。

我妈是为了我能留在北京发展而辞掉工作的。她

原来是新疆自治区人民医院麻醉科的医务工作者，工作努力认真，深得领导和同事们的信任和肯定，多次被评为先进工作者。

她是个很能干很有学习能力的人：学开车，刚拿到驾照，就拉着我跑长途，到石家庄演出；每天都看报纸，关注国家大事；现在我录新歌的时候，她都能给我很好的建议，这里要这样唱，那里要有感情。

2009 年，我和妈妈乘坐火车去湖南演出。凌晨 5 点多，全车厢的人都在睡梦中，忽然喇叭里传来了广播声。我先醒了，仔细听了一下，急忙去推醒还在沉睡中的妈妈："妈妈，妈妈，快醒醒，喇叭里说有人要生孩子了，请医务人员速到 9 号卧铺车厢去！你快点去帮忙吧妈妈！" 我妈问："谁说的？"我说："广播里刚说完。快去吧，妈妈。"

我妈很利索地穿好衣服，就往前一节卧铺车厢跑。我自己也迅速地穿好衣服，跟着我妈到了 9 号卧铺车厢。

女列车长一边安慰孕妇，一边叫着：“有没有人来啊，有没有大夫来啊！这孩子马上要出来了啊！”我妈冲了进去：“我是大夫！噢，小孩子头都要出来了。列车长，您留下帮我，您请其他人都出去。”

我妈和列车长用了近 50 分钟，终于成功地接生了一个女婴。守在外面的人个个都很激动，家属不停地说着感谢的话。我妈满脸是汗，我向她伸出大拇指。那时候我太骄傲了，为我妈妈骄傲。

我妈没理我，去洗漱间洗漱了回来才搂着我说：“阿尔法，今天这事妈妈要谢谢你！” 我说：“谢我干啥？妈妈是您辛苦了，看不出您很能干啊！”我

妈说："儿子，妈妈谢谢你叫醒我啊，你要不叫醒我，我怎么能帮到她们呢？两条命呢，人命关天啊！"我问："妈，那他们现在没事了吧？""他们没事了，儿子。但如果我们去晚了就不好了，已经有难产迹象了。儿子，你很有爱心，知道哪些事该做，懂得助人为乐。人就应该多做好事，胡大在天上都看着呢！你做的好事越多，胡大给你的好处越多！这就叫善有善报吧！"

其实我更早的时候就明白人要互相帮助的道理。

那是 2006 年，我刚出道，和妈妈租房子住在奥体东门。顺便说一下，我妈妈是个很爱干净的人，即便租的房子也总是收拾得干干净净、整整齐齐。那天我放学回家，见妈妈躺在床上，表情痛苦。这是我第一次见妈妈这样，内心很焦急。妈妈说："没事，孩

子，我只是肚子疼，你自己把中午的饭热一下吃吧。我吃不下东西，再躺一会儿，你自己吃饭吧。”我给妈妈端了一杯开水，放在床头柜上，自己吃了饭，写完作业，看妈妈依然没有好转，就给远在乌鲁木齐的爸爸打了电话。爸爸说：“孩子，我最快也要明天才能飞过去，妈妈交给你照顾了。”

然而妈妈并没有像她说的那样躺一会儿就好，到了晚上 11 点多的时候，竟然疼得不停地呻吟起来。我对妈妈说：“妈妈，我送你去医院吧，这样不行的！”妈妈说再看看情况。我就给我那时就读的艺校的班主任王老师打了电话，电话里我急得要哭了。王老师和她女婿很快开车赶到我家，把我妈送到离家比较近的中日友好医院。

经诊断，我妈得的是急性胆囊炎，听说这病是很

疼的，而我妈一直坚强地忍着，尽量不叫唤。后来我妈留在医院打吊瓶，王老师把我带回她家住，我是流着泪睡着的。后来听说我妈吊瓶打到天亮才自己打了个出租车回家。

第二天一早，王老师给我做了早饭，吃完饭带我去学校上课。中午放学，我飞奔回家，妈妈因一夜没睡，还躺在床上。我去厨房煮了一碗方便面，泡了小半个馕在方便面里，和妈妈一起吃了。我不知道是因为疼还是因为别的，妈妈眼里含着泪花。

那时我明白有妈的孩子像个宝，而我昨晚就像棵草：我只喝了开水，没有冲茶，因为那时家里还没有袋装茶，只有一整块的砖茶，要自己掰开，我想想就算了，只吃了点馕和之前的一点剩菜。事后妈妈说她之所以想流泪，一是为她没有给我做饭心酸，二是她

很欣慰我可以自己开煤气煮东西给她吃了。是的，那次是我第一次做饭。

从那以后，每次妈妈出门，不论我在干什么，都会停下来，把妈妈送到门口，妈妈出门了我再继续做我的事情。如果妈妈是出远门一两天，而我又不去，我会跪求阿拉保佑妈妈一切顺利，平安归来。我知道爸爸大部分时间和姐姐们在乌鲁木齐忙工作，不能天天陪我们，我和妈妈在异地他乡要相依为命。

那年母亲节，我想送妈妈个礼物，可是没有钱，就拿出一张纸，画了一个小人代表我，写上："妈妈我爱你！节日快乐！"又找了一个小盒子，把纸条放在盒子里，等妈妈回来了送给她。我妈看到礼物后很开心，眼里闪着激动的泪花。其实我还是不能完全体会她为什么那么高兴，我妈说是因为我懂事。

我唯一一次和妈妈顶嘴是 2012 年 2 月。我们去南昌演出，马上要上场了，我不喜欢妈妈给我安排的演出服，她就向我解释为什么要穿这样一套衣服。我很不耐烦地大声说：“我就是不想穿！不想穿！你干吗强迫我穿你喜欢的衣服啊！”妈妈愣了一下，一秒钟后给了我一巴掌，再一秒钟后她的眼泪掉了下来。只半秒钟我就后悔了，因为我把妈妈气哭了。我带着妈妈赏赐在我脸上的五指山上台演出，表现还可以，因为是首我喜欢的快歌，我在舞台上狂热舞蹈。

下了台我蔫蔫地回到宾馆，我妈还是不理我，又过了半小时，我妈还是不理我，这是从未有过的，我妈一般不和我真生气。一小时后，我给妈妈跪下了，请求她的原谅。妈妈说她今天之所以生气是因为我

从未如此没礼貌地和大人顶嘴，她很伤心。我向她保证以后不会了。我妈也表示以后不打我了，起码不打我的脸了，我俩就和好了。所以说对长辈一定要尊重，说话要有礼貌，否则是要挨巴掌滴。

打归打，我在妈妈心中其实顶重要。记得第一次参加《非常 6+1》的时候，我妈拿着个借来的很小的录像机给我录像，可是完全找不到我，镜头对不着我，拍的全是天花板。后来我得了那期的“非常明星”，妈妈激动地落泪了。

2009 年我在新疆人民大会堂举办个人演唱会，演出结束后，我妈又为我自豪地哭了。

最近妈妈给我买了高赛自行车。店里有一万左右的车，我看上一款五千多的，加上装备六千多。当时我问我妈妈能不能给我买，她说：“孩子，这

些日子你也很辛苦，要读书，还要演出。你有这个要求，妈妈答应你。”我很高兴。这个自行车买来后，我只能在小区的院子里骑，从没骑出过小区大院。

我很少花钱，如果想买什么就告诉妈妈，比如我想要个钢琴，我妈一般都会满足我，但是有些时候妈妈会说：“我们再想一想，看看你到底需不需要。”这种情况就要过一段时间，如果不需要就不买了。我从来不勉强妈妈为我买东西。

妈妈最让我感动的事情是：刚来北京的时候，她严重的水土不服，58 公斤重的人突然间长胖，最重时胖到 78 公斤，身体受损。然而，就在她最胖的那些日子，为了让我开心，有好长一段时间每天陪我玩躲猫猫，那是我非常快乐的时光。每当费尽力气把我妈从床底下或者沙发后面找出来的时候，我

都异常高兴。直到现在，我也能想起自己躲在被子里或者门背后等着妈妈来找我时心脏怦怦跳的情景。回到乌鲁木齐，妈妈的同事们、同学们都不认识她了。妈妈慢慢调整自己，靠毅力用了半年时间，才把体重减下来。

我妈现在带我出去演出已经有条不紊了，伴奏带、演出服，样样都很清楚。但之前我们却有过一次痛心的经历：那次我妈带我去拍平面广告，还没出家门，制片人就打电话来说摄影棚里一切都准备好了，大家都在等我们了。那时我家还没有汽车，我和妈妈就打了个出租车往摄影棚赶。摄影棚有点远，出租车开了40分钟不止。一到地方，我下车就往棚里跑，我妈紧跟着跑进来。制片人很高兴，说：“你先化妆，准备好服装，化完妆换好衣服就可以拍了。”又对我妈说：“来，我们先选一下您带来的衣服，看看哪些效果好。”我妈当时就懵了，说：“完了，我把衣服落在出租车上了！”她跑出去时，出租车已经开走了，又没有要出租车票，没法联系。

后来通过交通台发布了寻物启事，也没有找回那一大包衣服。我妈可难过了，广告没拍成，服装丢了，弄得她几个晚上都没睡好觉，很自责。我安慰她，旧的不去新的不来。

HASHI
FASHTON

Chapter 2

舞台生涯

演出之前姚明打来电话祝贺说“了不起”，成龙、周华健、梁小龙、阎维文等前辈也送来祝福的话，还有我的主持人，谢谢他们！这个演唱会，我很难忘。

Arafat Arslan

Arafat Arslan

我是小模特

我很小就表现出来的节奏感，让爸爸很欣喜，他常常在家带着我跟着音乐的节拍跳舞。幼儿园的阿姨带着我们小朋友做操，也发现我的节奏感强。

三四岁的时候，幼儿园的老师教我们走模特步，我走得很好，于是幼儿园的阿姨带我和班里其他小朋友一起去参加了几次模特大赛，结果每次我都拿第一名，为幼儿园争了光。老师们对我的评价是：不怯场，走得有架势；不会走乱，总是能走在节奏点上；表情好。

如果从那时候就算起，我的舞台生涯还真是开始得很早。

吉他掉了

2006 年 10 月 6 日，我参加“中华情”在厦门的中秋晚会全球直播。把日子记得这么清楚是因为 10 月 6 日是我妈妈的生日。

由于是直播，大家都很重视，可偏偏节目组的工作人员把演员们的音乐伴奏带搞丢了，当时好像是中央电视台领导直接从北京飞过来想办法解决的问题。

我准备唱《青春舞曲》，应该有把吉他作道具。下午彩排的时候，就发现没有准备道具，负责道具的叔叔马上出去找，说让我放心，晚上演出的时候一定会有的。彩排时我就按照有吉他的样子演练了一遍。我爸爸那时在乌鲁木齐，特意打电话来说：“演出最后你一定要做个漂亮的亮相动作，两手放开吉他，

向上举起，就像‘v’。注意表情！要喜悦！这是全世界直播，孩子，要让全世界的人看到你的精彩表演！”

到了晚上正式演出时，我才看见那把道具吉他很大。道具叔叔说，他跑遍了全市，没有找到小吉他。我妈也觉得不太好，但是没办法，只好让我拿着这把大吉他上台了。

唱第一段很顺利，中间音乐间奏的时候，我想翻动吉他，结果带子开了，吉他对我来说太大根本就抓不住，本来挂在脖子上的吉他瞬间就掉到地上。听我妈说，当时下面的导演们吓坏了，虽然现场导演工作台的剪辑导演立刻把视频画面切换到伴舞演员身上，但也属于直播失误了。如果当时我愣在台上，不继续演出，整台晚会就不完美，现场观众都

替我捏了一把汗。还好，我没有多想也没有惊慌，很自然地从地上拿起吉他，接着演出。观众也立刻给了我掌声。最后我双手紧握吉他，完成了演出。

但是一下舞台，我就扑到妈妈怀里哭了。妈妈微笑着安慰我："没事，孩子，你最棒了！"我哽咽着说："我爸……我爸让我最后要做的动作我没有做出来。我一只手要按着吉他，我只能举起另一只手！" 我妈说："这个不怪你，孩子，你能捡起吉他继续演出已经很棒了，你看观众不是都给你鼓掌了吗。"

我心里还是很不踏实，很怕爸爸会批评我。妈妈就给爸爸打电话，事先说了些什么不让我听见，估计是给爸爸解释了为什么我没有做那个"v"字。然后我接听了电话，爸爸在电话那头鼓励了我，并肯定了

我的表演。我终于松了口气，笑了。

庆功宴上，总导演郭导表扬了我，厦门市市长也夸我机智，有很好的舞台应变能力。宣传部长搂着我说："这是全球直播啊，你这么大点的小孩子可以自如地应对突发事件真让我骄傲和感动！"

听妈妈说，我回宾馆睡着后，市长和宣传部部长一行人还来房间看了我，并送来了月饼。市长还亲吻了我的额头。

后来有一次演出遇到阎维文老师，他打趣我说："怎么着，你的吉他绳子断了，你还把吉他捡起来接着演。不错啊，小阿尔法，有风度！做艺人就得这样，要驾驭舞台！"

和雪儿不分胜负的 PK

记得我第一次去美国演出，同台有一个加拿大小演员陆敏雪，大家叫她雪儿。因为就我们两个小演员，观众很热情，主持人更是鼓动我俩飙歌。我唱了《你是我的玫瑰花》，雪儿也唱了一首歌。我模仿迈克尔·杰克逊，雪儿就表演肚皮舞加迈克尔 · 杰克逊的动作。我不甘示弱，说我还会模仿卓别林。我向主持人要道具，我妈在侧台扔出一顶帽子给主持人，主持人赶紧给我，我就模仿了一段卓别林的表演。

雪儿没有节目了，就说：“那我送阿尔法哥哥一个礼物。”主持人问她送什么，她一时又答不上来。我说：“那我送你一个礼物吧，我送你一顶我们新疆的小花帽。”当花帽拿上来的时候，我说：“你知道

吗，我们新疆可美丽了，有很多很多水果，很多很多棉花，我们那里的人能歌善舞，吃着葡萄跳着舞。”雪儿突然大叫道：“妈咪，我要嫁给新疆人！”台下的观众都笑起来。主持人问：“你是要嫁给阿尔法哥哥呢还是嫁给新疆人呢？”雪儿说：“嫁给新疆人！我要去新疆，你看新疆被阿尔法哥哥描绘得多美啊！”我赶紧单膝跪地唱起来：“你要是嫁人，不要嫁给别人，一定要嫁给我。带上你的妹妹，带上你的嫁妆，赶着那马车来。”

这其实都是我和雪儿的即兴表演。全场的观众高兴地和我一起唱，气氛很好。导演和主持人还有我妈都高兴得不得了。

你不要难过

有一次我参加一个节目录制，节目组把我们几个小演员组织到一起，搞了一期童星PK。我们各自表演了自己的才艺，唱歌跳舞很热闹，和观众互动得也很好。最后是观众投票，谁的票数多，谁就是冠军，奖品是一个玻璃质的奖杯，起个鼓励作用。结果我得了最高票，赢得了冠军。

录完节目，我们出来，很多小朋友找我合影。我合完影回到休息室，看见另一个小演员在哭。他表演得也很好，但观众给他的票数没我的多，所以他没得冠军，就哭得很伤心，旁边还有几个小演员在安慰他。我看他哭，觉得很难过，想想自己也有比赛中输了的时候，就走过去把我的奖杯递给他，说：

Arafat Arslan

“别哭了，你不要难过，我把我的奖杯送给你吧！”他突然抬手拨开我的手，把奖杯弄到地上摔碎了。

这时导演刚好进来看到了，很生气，对他说：“演出是最重要的，得奖是其次。得奖不是最后的目的，要学会享受演出的过程！”

后来我妈问我奖杯摔碎了心不心疼，我说：“心疼啊，但是没关系，导演说了，学会享受演出过程。”妈妈说：“是的，人要善良，有爱心最重要。”

将错就错

我每次参加演出，演出服和伴奏带通常都是我妈负责保管。之前的伴奏音乐是刻录的 CD，后来伴奏音乐都被拷贝到 U 盘里。我妈也算跟着时代在进步，但每进步一次都事先用我来“练一次手”。

3 年前，也就是 2010 年，我到南京参加邮电部中国邮电百年纪念晚会，那次使用的伴奏音乐是刻录的音乐光盘。我唱完了一首歌，紧接着放第二首歌的伴奏音乐，前奏一响起来，我就觉得不对，用话筒说：“音响老师，不是这首歌，麻烦您看看下一首是不是。”我妈在下面一听，赶紧去机房检查伴奏光盘。

我不能冷场啊，就马上说：“各位叔叔阿姨，各位领导，我给你们模仿一下我们《星光大道》的毕姥爷吧，他是这么说话的：‘各位，你们今天晚

上开心吗，不开心找我老毕，开心就找阿尔法！’我给你们模仿一段阿宝哥哥唱歌吧：‘山丹丹的那个开花哟，红个艳艳的天……’”台下掌声一片，大家很喜欢我的即兴表演。这时我妈也把光盘换好了，原来她拿错伴奏光盘了。

我又接着唱了第二首歌。

这一幕被冯巩老师看到了，他对我妈说：“你这个孩子不错，一个艺人重要的本领他有——能搞气氛！难得！”

近的这次是在 2012 年 10 月，在四川成都体育馆我参加的一个盛大晚会上。那天体育馆内很多观众，座无虚席。由于去了很多大腕级的歌手，所以我就只唱了一首歌：费翔老师的《冬天里的一把火》。哪知音乐一放出来竟是中央电视台少儿频道《七彩星球》

栏目的主题歌！

体育馆很大，机房在场馆的最上方。我妈跑过去换伴奏音乐的U盘起码得十分钟，不像上次两分钟就可以到。这回我没法换歌了！

我稍稍愣了一下，只好将错就错地唱吧。感谢成都的观众，他们依然给了我热烈的掌声。

可是，这毕竟和节目单上的曲目不同啊，我唱完立刻冲去找我妈。还没说话，我妈的脸上已经显出歉意了，拱手说："对不起，对不起，是我给错伴奏U盘了。"我哭笑不得地说："我差点傻了，怎么是这首歌，要是不唱就热闹了！""不会的，儿子，妈知道你很会搞气氛！""什么呀，今天怎么能搞气氛，这么大的场地，这么大的演出，后面那么多演员等着呢！"我妈还是陪着笑脸说："呵呵，你今天的表现很棒啊，不露痕迹。”我说：“咱们别自我安慰了，观众手里有节目单。反正下次不能搞错了！”我妈马上保证：“不会有下次了！”

确实，我可爱的妈妈以后都很仔细了。

出国演出

我出道后第一次出国演出是2007年2月，和中国文联去匈牙利参加当地的华人春晚。我唱了《你是我的玫瑰花》，大家都很喜欢我。

我紧接着从匈牙利直接到了比利时领奖。因为被授予“世界和平小天使”的称号，我很激动，这是自己第一次获得如此高的荣誉。第一次出国嘛，我和我妈那是相当激动，坐在车上东看西看，觉得外国环境美，空气好，到处都很干净，连我的鼻炎都没那么严重了。人们都很有礼貌，汽车见到行人一律让路，请行人先走。我就问我妈为什么呢，我妈说是因为外国一般都小，我们中国太大，人口多，所以环境啊，交通啊，都会有些问题。最后总结说：“十个指头还不一样长呢，各国情况都不一样，咱中国会好的！”

2008年，我们去了美国，参加美国的华人春晚。之后，爸爸带我去了奥斯卡艺人蜡像馆，看到了成龙、李小龙的蜡像。我还去了迪斯尼，里面全是小朋友。我觉得自己算最大的孩子了，就去玩冲浪，从一个长长的水道滑下来，很惊险很刺激。那天我妈还给我们

买了迪斯尼T恤衫留作纪念。后来还去了加拿大，我唱了《青春舞曲》。

2009年2月我又和中央电视台去了迪拜，参加新年联欢会，用阿拉伯语唱了他们国家最受欢迎和最熟悉的歌《问候》。现场的叔叔们穿着白色袍子，阿姨们穿黑色袍子，都和我一起唱，其情其景令人难忘。我国驻阿联酋的领导也和我们一起唱一起跳。

好莱坞导演们的接见

2012年6月，我和妈妈跟随中央电视台去美国参加好莱坞电影节的颁奖晚会，同行的有秦怡和于蓝两位老艺术家。

我唱了贾斯汀·比伯的《Baby》，这是在美国人面前唱英文歌，好在顺利过关，台下掌声一片，很多好莱坞的导演也坐在下面。

一会儿，中央电视台的导演叫我到休息室去。我推开门的时候，一群人已经在里面了，和我打招呼的美国人很自然地叫我阿尔法。我想是因为我的名字外国人可能更容易记住吧，这个发音他们很容易学，像“阿凡达”。他们问我是在中国的外国人吗，我说我是在中国的中国人。大家都乐了。我说我是新疆人，翻译过去后，老外们一脸茫然，翻译又说“乌鲁木齐”，这下他们都听懂了，恍然大悟的样子，

看来说乌鲁木齐比说新疆有用。翻译说："这几位是好莱坞大导演，他们看了你的表演觉得很生动，看出你的激情是从内心而起，要见见你，因为他们都有新的电影在准备。"说实话，我没记住那几位导演的中文名字，他们的英文名字是：Jay Stern，Chip Diggins，Russell Levine，绝对是超级大导演，其中一位是拍过电影《星球大战》的，还有一位是章子怡的制片人。他们提到周润发、李连杰和章子怡三位著名艺人。最后，有人要了我妈妈的电话，说以后联系。

事后，我高兴地问我妈，他们是不是要请我到好莱坞拍电影啊。我妈说，只是见了一面，哪有这么快啊，你自己努力，好好学英语，机会总是会来的。

我的星光哥哥姐姐们

我参加完《非常 6+1》后，还参加了王小丫和李佳明主持的《全家总动员》和《神州大舞台》节目，直到郭燕导演找我参加《星光大道》。

在那里我很荣幸地结识了我的星光闪闪的哥哥姐姐们：阿宝、凤凰传奇、郝歌、李玉刚、杨光、王二妮、玛丽亚、玖月奇迹、大衣哥朱之文。

阿宝哥哥是个很神奇的人，独特，像个独行侠。我们一起演出的时候，他一般都单独行动。一次我们一起去匈牙利演出，他去逛街，买了个花瓶回来，喜欢得不行。我妈突然冒了一句："别是咱们中国造的吧。"阿宝哥哥翻过底座一看，真是 Made in china！我们都乐翻了。第二天他和我妈、我一起逛

街，逛着逛着他竟然逛没了！我俩也曾经一起合作演出，他老设计动作。有一次，让我抱起他转一圈。你想想，他那么重，我使出浑身的劲也只能抱起他转半圈，就把他扔在地上，惹得观众哈哈大笑。阿宝哥哥其实很腼腆，不太和人打交道，但和我关系很好。我第一次参加完比赛的时候，他就送我一个大熊玩具，我觉得他对我挺好的。

凤凰传奇也是看着我长大的，我希望有一天长得比他俩都高，这样也可以搂着他俩照相了。

在我所有星光哥哥中，我最崇拜郝歌哥哥，因为他的舞蹈是从骨子里透出来的，真的很棒。他家也住北京望京。他曾说："阿尔法，你没事就去我家嘛，我教你弹钢琴和跳舞。"可我俩的时间总是对不上，一直没去成。他的中文歌也一定唱得很棒。

李玉刚哥哥很特别，因为是反串嘛。我最爱学他的表演，有女人的妩媚，反正学他的表演效果最好，以至于一次在湖南演出候场的时候我还在学他。李玉刚哥哥说："阿尔法，你学得太像了，以后你别抢了我的饭碗啊！"我傻呵呵地说："不会的，李玉刚哥哥，我要是学你那样，我爸非把我打残了不可。"所有人都笑了，李玉刚哥哥也笑着说："那还差不多，我就放心了！"

杨光哥哥永远乐呵呵的，一副没烦恼的样子。我最喜欢他的大肚子，每次见面必定去摸一摸。我俩总是可以开心地玩，他的模仿能力超强，跟我学维语，有些话一次就学会了，说出来我和我妈就乐。他和阿宝哥哥都参加了我的2009年个人演唱会，是一组选手，我和凤凰传奇则是另一组选手。当时杨光哥哥他们得了冠军，也许为了安慰我，他俩说给我买辆小汽车，结果没买，我就哭，节目组知道了就给我买了，由老毕叔叔在舞台上送给我。结果一下台，一个可能是节目组的工作人员就给我收回去了。后来我就总逗演唱会上杨光他们组的玲花姐姐：“噢，玲花姐姐你又胖了啊！”只要我多说两遍，她保准急，不是让我不要说了，就是要追着我打。玲花姐姐很注意她的头发，化妆的时候总是尝试这样那样的发型，还很在意我的看法，经常问我好不好看，我就给她我的建议，一般她都采纳了。

我和王二妮姐姐也经常一起演出，见面很亲切。我和她说话一定是用她的方言，故意学她说话唱歌。我说：“姐姐，如果你穿双高一点的高跟鞋，上台的时候屁股再一扭一扭的，那观众就更喜欢你了。”把她听得哈哈大笑。

玛丽亚姐姐和郝歌一样，见面时一定会热烈拥抱我。她经常对我妈夸我，说我懂事、听话。她的舞蹈很火爆，她一直说希望我俩能合唱一首在非洲很著名的世界杯足球的歌，我好期待啊。玛丽亚姐姐还爱和我在候场的时候一起玩游戏。

我感觉玖月奇迹和我一般大似的，我们一见如故，叽叽咕咕没完没了地聊天。现在一起演出的时候，我的个子已经长高了，所以他们俩都把我当兄弟。

大衣哥很纯朴，我俩常在《七天乐》节目碰面，我很爱学他的山东口音说话。

我真的希望我的这群好哥哥好姐姐星光闪闪永不落！

我的演唱会

我的捐资助学个人演唱会是 2009 年 5 月 30 日在新疆维吾尔自治区人民大会堂举办的，由新疆电视台的王琨导演和他的团队负责录制。当天，姜昆老师、阿宝哥哥、杨光哥哥和杨光妈妈从北京飞到乌鲁木齐做我的嘉宾，我奶奶等很多亲戚也到现场给我加油。

我很兴奋也很期待，不仅因为这是我的演唱会，我是绝对主角，而且需要更加努力演出——这场演出除了要申请吉尼斯最小年纪开公益演唱会的歌手的纪录，还要为家庭有困难的孩子们募集资金和物品。筹备这场演唱会，已经有半年多，中间遇到不少困难，但爸爸妈妈都坚持下来了，因为他们非常希望给我办

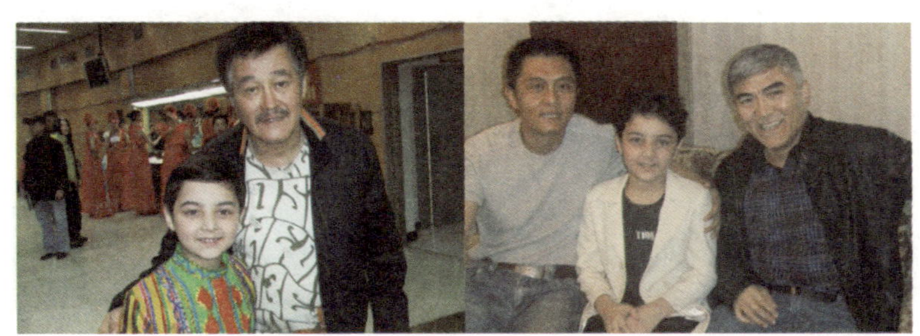

一场演唱会，好圆了我的梦。如果这场演唱会还可以帮助到别人，那就更好了。

我们新疆时间比北京时间晚两个小时，所以演唱会的开演时间定在晚上 9 点，就是北京时间 7 点。我们进场的时候，已经有观众在进场了，看着他们穿着漂亮的衣服来看我的演出，我真想出去和他们说声谢谢。

9 点演出正式开始，台下坐满了人，当然我心里知道，票并没有全部卖出去。昨天中午姜昆老师吃饭的时候问起售票情况，我爸说票还剩了不少，我立马拉着翊琳姑跑到饭店楼下的大街上发了近 40 张演出票，主要是发给带着孩子的妈妈或者爸爸。他们拿到票的时候很惊讶，对我亲自在大街上发免费票这件事也非常惊喜。看着那些发自内心的笑容，我当时想，

能为他们演出我也值得了。

我一共演唱了 11 首歌。姜昆老师、阿宝哥、杨光哥、我们新疆的著名歌手间插演出的时候，我就赶紧换服装。这真是考验体能，在其他歌手唱一首歌的三四分钟内我要换完一套衣服，再慌慌张张地小跑着上台，到了台上还要从容表演。那天我妈负责我的演出服，其他都挺好，就是拿错了一双鞋子：搭配《花儿为什么这样红》的那套服装很漂亮，之前还特地配了一双鞋，结果我妈拿成了另一双，小了，我根本就穿不进去。发现时已经太晚了，没办法，我就弓着脚穿吧。上了舞台，我一投入演出就忘了疼，下了舞台，才觉得脚生疼。

整场演出，换服装成了我最紧张的事情，而最开心的事情就是在舞台上表演。

演唱会第一首歌曲是用阿拉伯语和西班牙语唱的《问候》，我还唱了维语歌曲《地球》，也有为了地震专门作词作曲的《归来吧》《书包》《探戈》……其中《书包》的表演赢得了大家热烈的掌声，编舞老师高兴得跳起来，很满意我和同学们默契的配合。非常感谢编舞老师和伴舞的大朋友小朋友们。演出接近尾声的时候，吉尼斯的领导前来给我颁发了证书，我成了最小年纪开公益演唱会的歌手。

那一刻我很自豪。

演出结束，新疆电视台的记者采访我，问我对演唱会是否满意，我心里突然涌上好多想法，就抱着爸爸哭了。我爸爸妈妈也很激动，爸爸很难得地对我说："孩子，谢谢你！你今天很努力地演出，我和你妈妈都很谢谢你！"

演出之前姚明打来电话祝贺说"了不起"，成龙、周华健、梁小龙、阎维文等前辈也送来祝福的话，还有我的主持人，谢谢他们！

这个演唱会，我很难忘。

光荣演出

我参加过很多演出，让我感到光荣的是以下几场：

2007 年在长城举办的奥运福娃揭晓仪式的直播大型晚会，去了很多演员，印象最深的是我见到了刘

Beijing

德华和残奥会主席。我唱完《生命之杯》下台来，碰见刘德华，我说："华仔哥哥好！"他停下来，说："你的歌舞很棒，你是哪里人啊？"我说："新疆乌鲁木齐的。"他说："我去过乌鲁木齐演出，你们那里美女多啊！"他让助理要了我妈的电话，我妈赶紧说："来，您和阿尔法合张影吧。"他笑着点头，友好地把我抱在怀里。我们都伸出剪刀手，哈哈！过了一会儿，残奥会主席在一大堆人的簇拥下过来了，看见我很高兴，说了一些话。翻译说，他说你很棒很可爱。我又和主席合影留念。

2007 年 6 月在上海举办的特奥会，我唱了特奥会的歌。

2007 年 8 月底同样在上海举办残奥会，我演唱了瑞奇 · 马丁的《生命之杯》。载歌载舞的演唱使台

下观众沸腾了，大家情绪激昂地加入大合唱。

2008 年，奥运会刚完，8 月 19 日，在钓鱼台国宾馆，当时的国家主席胡锦涛、总理温家宝为答谢其他国家的领导和运动员，举办了一个很盛大的晚宴，我也被邀请去表演。记得有一个 16 岁的大哥哥表演了杂技，宋祖英阿姨唱了歌，我还是唱了《生命之杯》，动感十足。我因为小，不知深浅地跑到离主席很近的地方唱歌，胡主席旁边坐的是法国总统，他们都很高兴地看我的表演，很开心的样子，还给我鼓掌。事后我妈说：“我也算跟着你见到国家主席和总理了。好吧，这是沾你的光了，谢谢，孩子！

Chapter 3

影响我的人

我和毕姥爷很亲近，见面总要拥抱一下，还做只属于我俩的手势见面礼仪。大家可能以为我是在上《星光大道》舞台的时候才见到毕姥爷的，其实不是……我四岁的时候就见过他。

Arafat Arslan

我的偶像迈克尔·杰克逊

我最尊重、欣赏、崇拜的艺人是迈克尔·杰克逊。他在舞台上有种超越感：舞台上他就是老大，他就是王，他就是全世界第一。我看他的舞台演出就很激动，一个字：爽！

我爸爸说，在我一岁零八个月大的时候，有一次他放迈克尔·杰克逊的碟片，我竟然兴奋地在他怀里扭动，我爸干脆把我放到地上，我竟然也能跟着音乐节拍跳起来，我爸就带着我跳。我觉得是迈克尔·杰克逊的超级动感激发了我的音乐和舞蹈潜能，而幸运的是我爸及时地发现了。

我和迈克尔擦肩而过，我是说没有机会去现场看他的演出了。他不给所有人机会，我只能在梦里去现场。

以前做节目，主持人就问我的理想，我说：“希望超过迈克尔·杰克逊。” 如今我还在台上表演他的舞蹈，觉得能和他一样就很不错了，因为迈克尔·杰克逊无法超越！我在想：只有安拉给我机会，我才有可能超越他。对现在的一切一切，我已经很感谢安拉了！

李咏叔叔的老婆哈文

真正发现我有艺术天分的人应该是哈文导演，我是被她选上《非常6+1》的。2004年她去新疆选演员，一头短发卷卷的，不知道是不是自来卷。那时她有点胖，好像是因为刚生完孩子。我们新疆的一家报纸采访她，她说挺喜欢我的。

那次新疆选演员，李咏叔叔也很醒目，人们都包围着他，因为他很有名气嘛，也因为他是我们新疆人。

看到两个人在一起，我妈很惊讶地说：“啊，那个女导演是李咏的老婆啊！”

我记得第一次见到李咏叔叔的模样就再也难忘，因为他长得很特别：脸长，头发长，个子长，就是腿不长。毕姥爷经常学他的罗圈腿，可逗了。李咏叔叔很大牌，气质很傲，虽然我内心和他亲近，但如果在演播大厅或者什么地方见了面，我们也只是握一下手，不知道该说些什么。

现在哈文导演也很有名气呢，人们会不会说“李咏是哈文的老公”呢？呵呵，他们两个都有名，挺好的。

毕福剑毕姥爷

我和毕姥爷很亲近，见面总要拥抱一下，还做只属于我俩的手势见面礼仪。大家可能以为我是在上《星光大道》舞台的时候才见到毕姥爷的，其实不是。事情就有这么巧：我不是曾经在乌鲁木齐学过走模特步嘛，参加比赛还得了几次冠军，当明星足球队去新疆比赛时，由于开场每个人要领一个球童，我就被推荐去做球童，恰巧是毕姥爷领着我进场，所以我四岁的时候就见过他。

我参加《星光大道》，是因为郭燕导演发现了我。我记得特清楚，那天郭燕导演开着一辆本田车来接我们，那辆车的仪表盘是滚动数字的，我没见过，觉得好玩。到了台里，见到葛延平总导演，还有审节目的

导演们。之前大家都看到了，在李咏叔叔主持的《非常6+1》中，我几乎不会说汉语；后来到了《星光大道》，我还是不太会说汉语。我妈和我爸在台下直替我着急，后悔让我来参加比赛，说真应该让我练好汉语再来。

那次参加《星光大道》，我和凤凰传奇比到最后，当然他们两个更厉害——我一个人他们两个人嘛，人多力量大。当我知道没有拿到小组第一时，在舞台上就哭了。

后来总导演葛延平打电话给我妈说让我参加《星光大道》的反败为胜环节，我妈说不去了，我是小孩子，是比不过大人的，她还要上班，也没有时间带我到北京。葛导对我妈说，现在全国人们可关注阿尔法了，很多人都在问这个孩子是从哪里来的，中央电视

台除新闻联播外，阿尔法参加比赛的那期《星光大道》收视率第一。郭燕导演还特意发了收视率报表给我妈看。妈妈看了很高兴，就和我爸商量，最后我们还是来北京参加了“反败为胜”。

来了才知道我和阿宝一组，我妈不愿意了，说，这怎么比，阿宝这么厉害，他唱那么好，随便一唱就是他赢。葛延平导演说，你家阿尔法也很厉害啊，老百姓喜欢他。结果在反败为胜环节中，阿宝哥第一，我第二。这期收视率又创新高，所以《星光大道》年度总决赛时我又做了表演嘉宾，并被评为2005年《星光大道》网络人气冠军。

如今我已经是明星足球队的队员了，和毕姥爷也经常见面。由于我们平时训练在一起，打比赛时他也经常派我上场。

成龙大哥

艺人里，我最佩服成龙大哥：他勇敢，有真功夫，拍动作片从不用替身；做事情认真，喜爱孩子，经常做慈善，在新疆就捐助了希望小学，帮助我们新疆的小朋友；他还很亲切，从不摆架子。

现在很多刚出道的艺人都很傲，我就想：你又不是成龙大哥！成龙大哥都不摆架子，你们摆什么啊摆。成龙大哥的鸟巢公益演唱会我被邀请做他的助演嘉宾，他对我说："好好学习，每天要看两部电影。"我现在每天还看不到两部电影，但我会向他学习的。

我的团长姜昆

姜昆老师德高望重，我和妈妈都很尊敬他。我们是在2008年5.12汶川地震义演晚会上第一次见面的。

那天的义演去了很多演员，大家都想为灾区的人们做点事情。姜昆老师看到我说：“你就是那个阿尔法？长得真可爱！你妈妈呢？”我去休息室把我妈妈叫来，姜昆老师又对我妈妈说：“你的孩子很有爱心也很有影响力啊，你看今天的晚会，就他一个小演员。你给我留个电话，我们以后要经常联系。”我妈妈特别高兴。

很快，姜昆老师告知我们加拿大多伦多有场为

当地华人表演的演出，想请我去。姜昆老师是那次出国人员的领队，我们都叫他团长。

到了那边，外国人是分不清我们中国人谁是谁的，就像我们看外国人的脸都长得一样，所以，在那边的时候一个外国记者问我是哪国人，他可能觉得我的脸像他们。我说我是中国人，中国很大，有很多民族，新疆维吾尔族就是长成这个样子。我说的是中文，搞不清那个外国记者能不能听懂，但姜昆老师立刻跑到我跟前，在我额头上亲了一下，说：“你们看，我们小阿尔法回答得多么准确和痛快。我们现在有些艺人，一出名了就往国外跑，搞不清楚自己是哪国人了。我们都得向这孩子学习！”得到姜昆团长的肯定我很高兴，因为我还小，很多事情是通过大人的鼓励来判断对错的。

在国外，团长很照顾我们，特别注意我们的饮食，常常问我们吃得习不习惯，我和妈妈很感激。妈妈为了不给节目组添麻烦，陪我出门演出都带着一包馕，说“一包”馕是因为我妈妈提前把一两个馕切成小块包在一起，方便携带。

2009年我的个人演唱会，姜昆团长亲自飞到乌鲁木齐现场鼓励我。当他上舞台的时候，下面观众对他报以热烈的掌声，看来我们新疆观众很喜爱他。他说我小小年纪就知道回报社会，这点很好。

大腕巩俐

我妈妈很喜欢巩俐，巩俐是为数不多的她能叫出名字来的明星大腕之一。我揭秘：妈妈其实并不是很了解巩俐阿姨的电影，最多知道个《红高粱》，就是觉得巩俐阿姨漂亮，还念叨过“要是能和她合张影就好了”。

我爸爸的朋友华盈星影业集团的老总李尔葳阿姨和巩俐阿姨很熟悉，是好朋友。早年李总采访过张艺谋导演、陈凯歌导演、姜文导演等大腕，出过关于他们的书。我妈在李总办公室看到她们的合影，说起她很喜欢巩俐，李总细声慢气地说：“那下次巩俐回北京，我看看找个时间，你们见个面吧。”

2012年8月，李尔葳阿姨打电话给我妈说：“你们来吧，我和巩俐在威斯汀酒店。”我和我妈就去了。看我们到了，巩俐阿姨起身和我妈握手，李尔葳阿姨赶紧介绍我，说："这是阿尔法，我们的小明星。"我赶紧走到她身边。巩俐阿姨微笑着说："好帅的小孩子啊！我在电视上见过你，来，我也和帅哥合个影！"巩俐阿姨好像知道我们想和她合影似的，她这么一说，大家一下子就不拘谨了，我和我妈都很高兴，觉得很亲切。后来我妈她们聊天，巩俐阿姨始终微笑着，比电影里还要漂亮。

在回来的车上，我问我妈："巩俐阿姨已经是那么大的大牌演员了，怎么不摆架子，还那么平易近人？"我妈说："孩子，你看到了吧，这才是真正的大牌明星。她多有魅力啊，那么谦虚有修养，这是你要学习的。"我说："嗯，我要向她学习，以后多大牌也不耍大牌。我要是能和她一起演电影就好了。"我妈笑了："你要是以后能像她那样大牌我就美死了。

你自己要多努力，没准哪天你还真可以和巩俐阿姨一起演戏呢，我看好你哟，我的儿子！”我俩哈哈大笑。

这一路上我和我妈都在说巩俐阿姨，她给我留下了极其深刻的好印象。我妈妈把她和巩俐阿姨的照片发了微信，这是她第一次发她和明星的合影，很快得到很多人的“赞”，她就呵呵地笑。

Chapter 4

我的梦想

我的表演形式是边唱边跳，我的舞蹈是给唱歌加分的。有人提起我的时候是说“那个跳舞的阿尔法”，而不是说“那个唱歌的阿尔法”。

Arafat Arslan

关于音乐

我 2009 年开了个人演唱会，在音乐上是个小小的汇报和总结。

我之前已经唱过汉语、维语、英语、西班牙语、阿拉伯语歌曲，今后还打算好好学习各种语言，就可以唱更多语言的歌。

我的嗓子条件一般吧，还有点哑，这点对小孩子来说可能很奇怪，但大人们说，如果我变完声后还是沙哑的嗓音倒好了，因为那样很男人，很磁性，很酷。我不知道这是真的假的，只盼望变声期完了之后，能系统地学习声乐，因为之前我是纯本色演唱，录音时喊着唱，不大一会儿嗓子就疼，一疼我就哭，就不愿意录音了。我妈妈通常哄着我，说好话，再

去给我买好吃的，再接着录音。后来我慢慢有感觉了，会唱了，知道怎么用合适的声音把歌唱好，嗓子就不疼了。去年年底开始我可以自己去录歌了，不用妈妈陪着我。一首歌一般要精力集中地录两到四个小时不等。

我很奇怪我唱真正的儿童歌曲，比如“请把我的歌带回你的家，请把你的微笑留下”之类，大人们基本没什么反应；我唱大人的歌，比如《你是我的玫瑰花》，一般台下观众都会沸腾。最早的时候，我曾经唱过电影《冰山上的来客》主题歌《花儿为什么这样红》，我爸爸妈妈作为老百姓，心理上都反对，认为我一个小孩子怎么能唱爱情歌，好像不太合适，但节目组非要我唱，结果出乎预料，很受欢迎。

我录中文歌一般很顺利，录音师给我些指点，告

诉我哪些地方要注意，发音不准的地方也会很快给我指出来；但录英语和维吾尔语歌曲的时候，要特别认真，不能错一个词，或者一个词含糊不清都不行。这样就会很累，通常中间都要休息和研究几次才能录完一首歌。我演唱的歌基本是我妈帮我选，但维吾尔语歌都是我爸选歌。我喜欢演唱快节奏的歌，比如改编过的《龙的传人》。在很长一段时间里，我的表哥艾里西尔教我维语歌和英语歌的发音，我录歌的时候他都陪着我，教我。他现在出国工作了，我们通过微信保持联系。我很感谢他。

我的歌曲

我演唱的所有歌曲里面，只有贾斯汀 · 比伯的《Baby》是自己要求唱的，因为我很喜欢这首歌。当我录好这首歌放到网络上的时候，确实没料到首先遭到的是人们的质疑：这到底是不是阿尔法唱的。他们没有想到我开始变声了，不再是那个童声了。还有这是贾斯汀 · 比伯的歌，我确实是在模仿他，尽量和他唱得像，所以有粉丝说我拿贾斯汀 · 比伯的原唱来冒充是我唱的，说我作假。

后来上了一档电视节目，主持人请我唱完这首歌后问我想不想做中国的贾斯汀 · 比伯，我说想。他就接着说，那好，你代表中国的小歌手向贾斯汀 · 比伯挑战好不好，我说好。结果第二天网上炸开了锅，贾

斯汀·比伯的粉丝不愿意了，说我有什么资格和贾斯汀·比伯 PK。其实，这件事情很奇怪，贾斯汀·比伯比我大，他的影响力也比我大，我唱他的歌是向他致敬的一种表现，这有问题吗？我要是不喜欢他，不尊敬他，唱他的歌干什么？这起码是好事情吧，起码也是一种传播吧，怎么搞来搞去变成都在说我的不是了，真有些郁闷。我参加《非常 6+1》的时候就开始唱艾尔肯哥哥的《做个朋友吧》，我在华人春晚唱过庞龙哥哥的《你是我的玫瑰花》，唱过费翔叔叔的《冬天里的一把火》，也唱过郭富城哥哥的《动起来》，他们的粉丝都没有什么反应啊！

《花儿红》和《热爱》这两首歌是拍摄了 MTV 的，词曲作者都是陈爽哥哥。毕姥爷在《花儿红》里有客串演出，而歌曲《热爱》是专门为汶川地震

写的，我在去汶川时和我的个人演唱会上都演唱了这首歌。

《地球》这首歌是维语歌，是我们库尔班节（相当于春节晚会）上我唱的，是爸爸找人创作的关于环保的歌。我在我的演唱会上也唱了。还有一首维语歌《书包》，是讲我们学生每天背着个超大书包，学习压力大，在演唱会上编舞老师的编排让观众耳目一新，观众不时发出阵阵掌声。

《武当武当》是我演唱的一首电影插曲，也是我参加演出的电影《武当少年》的主题曲。歌词刚劲有力，原词曲作者就是武当山地区的区长，所以歌词情绪很饱满，我唱起来铿锵有力。

在录制毕姥爷的《过年七天乐》时，节目组要求我唱费翔老师的《冬天里的一把火》。我先在网上搜这首歌，多听了几遍，又跟着唱几遍找感觉，再留心观察费翔老师的舞蹈，这样，在《过年七天乐》节目里就可以唱了。我喜欢这样节奏感强的歌。

用舞蹈加分

我的表演形式是边唱边跳，我的舞蹈是给唱歌加分的。有人提起我的时候是说“那个跳舞的阿尔法”，而不是说“那个唱歌的阿尔法”。

我在乌鲁木齐学过一段时间街舞，老师是塔伊尔和哈尼。他俩对学员很严格，上课时运动量很大，要压腿，要搭墙，要劈叉，要弯腰，另外还有很多规定动作，我们经常累得不行。谁要是练得不好，有偷懒的嫌疑，或者动作不标准，老师就要拿小棍棍打屁股。还好，我只被打过一次：有一天我跳得满头大汗，就跑出去买了瓶水，回来时刚进练功大厅，就碰到塔伊尔老师。他说买个水要十分钟啊，快点练习，上课就这么多时间，说着在我屁股上打了一棍子。我赶紧去练习了。

我在舞台上虽然经常跳舞，但感觉只有参加《舞林大会》的比赛才是在真正地跳舞。《舞林大会》节目组也是因为看到我在舞台上跳舞，觉得我的舞蹈不错，才找到我的。开始我和我爸妈还以为是跳我们民族的舞，去了才知道是跳恰恰，还给我选了个搭档，也是我的教练。由于我俩用心练习，比赛

的时候，评委们给了我们很高评价，让我直接晋级，还说我可以经常去《舞林大会》做嘉宾，就是不给我评名次，因为我是小孩，和大人们不能一起比赛，就当是做表演嘉宾了。

当时，主持人问我："阿尔法，你对今天的活动有什么感想？"我也不知道怎么了，很突然地说："爸爸妈妈为了我放弃了工作，今天也陪我来了，他们很辛苦。"然后突然就哭了。可能那次我才第一次意识到我父母为我没了工作这点很可贵。我在做自己喜欢做的事情，可他们不一定啊，他们是为了满足我的愿望陪着我到处演出。以前我小，现在大点了也会思考一些事情了。

我爱演电影

我很喜欢表演，发现在影视剧中的表演和舞台上的表演不同。具体来讲就是：在舞台上我表演的是自己，是自己对歌曲的理解；而影视剧我要表演的是角色，是我对角色的理解，也就是演别人，演剧中的人物，更有挑战性。比如说我七八岁时在张家港拍电影《爸爸不哭》，我客串演一个白血病人，和病友在床上跳，跳了一会儿，我就倒在床上死了。那时我小，也不会看剧本，前面的拍完了，就听导演说："你躺在那里就行了。"一会儿，将会拍戏中的奶奶进病房的场景。

开始拍了。戏中的奶奶进病房来，看见我倒在病床上，手里的东西掉在地上，扑过来抱着我就大哭，意思是知道我死了。那个演员真棒，马上扑到我跟前，喊了名字就开始哭起来，是真哭，眼泪都流了出来，但我却忍不住睁开了眼睛。导演马上喊停，说：“你已经‘死’了，不能睁开眼睛了。”那时我爸爸妈妈也在现场，我爸就用维语怪我不好好演戏，是没听懂导演说的吗，躺在那里就行了，不能睁开眼。我对女导演说：“导演阿姨，不是的。我奶奶一进门看见我躺在这里，怎么就马上知道我死了呢？我妈妈他们医院一般是要先按这个紧急传呼器，等大夫来抢救之后，才能知道我是否死了。您不信可以问我妈。”女导演想了一下觉得有道理，这场戏就按我说的重新拍了。

使者公益展演系列

IP电

联合国和平小使
益展演系列活动——签名传递
——上海宣言

中国互联网电

联合国和平
The UN peace messe

这件事给我极大的鼓励和信心，什么事情如果觉得有问题就要拿出来讨论，要表达自己，事情才可能做得合理和完美。

我还于2008年4月拍了电影《武当少年》，一听这名字就知道是在武当山拍的。没错，在《爸爸是我的领舞者》那一节里，我已经说到武当山很秀美。我为这部电影演唱了主题歌《武当武当》，还在武当山武校学习了功夫。我们的洪导演是台湾人，女一号和另一个男主角也是台湾人，大家相处得都很好。除了我们几个，其他演员都是武当山武校真正练武的小同学。

我还参加过公益电影《让我们一起跳舞》和在我们新疆博乐市拍的30集电视连续剧《神蛋奇踪》的演出。

我的动漫我期待

我最期待的还是我爸爸的公司以我的形象为原型正在筹备制作的3D动漫《阿尔法梦幻奇遇记》。奇遇记的故事来源于《楼兰古城梦幻奇遇记》。我爸爸说，以我的个人形象为原型设计的3D人物，是留住我可爱童年的一个方法，这是爸爸给我的爱的礼物。如果按每一集播放10分钟计算，动漫团队也要制作两三年，那是一个很大的工程。

Chapter 5
我的生活

骑完马，躺在草地上，什么也不想，看蓝天白云，风吹过来，我心飞翔，哈，那才是真正的自由自在！我建议大家没事就在地上躺一躺，躺完绝对很轻松。

fat Arslan

最初的亲人

2005 年 7 月，妈妈带着我正式来北京闯天下。我们先住在一个招待所里，住了两天，妈妈就开始找更便宜的住处。我们在招待所附近的饭馆吃饭时，老板告诉我妈，附近有家半地下招待所更便宜，一晚上 15 元，于是我们就搬了进去。

7 月，北京的天气就像在蒸笼里一样闷热，地下室的蚊子很多，我早上醒来时常常被蚊子咬肿了。除了睡觉，我和妈妈白天都尽量待在地面上。

一天，我妈买了张报纸，里面有家庭教师的信息，她就打电话过去，是中介。在交过中介费后，我妈得到了家教郭老师的电话。那时郭老师刚刚退休，曾被评为“北京十佳优秀人民教师”。

由于我和妈妈刚来北京，不熟悉路，郭老师从北四环骑自行车来到我们住的安定门地下招待所。我妈对郭老师说："我的孩子汉语说得不好，希望您能教教他汉语和汉字。"一问，郭老师一节课的费用很高。我妈说："我们刚来北京，没有那么多钱，真的上不起了！" 郭老师看我机灵可爱，确实不会说几句汉语，就对我妈说："你们从报纸中介找到我，这个孩子和我有缘，那我就教他吧！"她只象征性地收了我们一点钱。

没过几天，郭老师打电话给我妈说："你们住的条件太差了，又太潮湿，对孩子身体不好，我回家和我女婿女儿商量了一下，把他们在芍药居的房子先借给你们住吧。这样离我家也近，我也好给孩子上课。"那时我小，之前一直无忧无虑，现在住在又潮又热的

地下室，每天吃饭都只能将就，就哭闹着要回乌鲁木齐自己的家。这下好了，搬到芍药居宽敞干净的新“家”，妈妈可以给我做饭吃了，洗澡也方便了，郭老师的外孙还经常和我一起玩，我的心情好多了。

通常如果我妈妈外出没有回来，郭老师上完课就会一直陪着我，和我说话，给我做饭。她来的时候也常常给我买酸奶，或者带几个苹果、香蕉之类的水果。有时候我就跟她回家，她们专门买了个高压锅，给我做土豆牛肉。我最喜欢把汤汁拌在米饭里吃，很美味。7月到9月，基本都是郭老师在照顾我。开学了，郭老师又安排我进了她原来任教的学校——安慧北里小学。

我妈妈常说，一到北京就有幸认识郭老师和她的家人是我们的福气。她们一家人帮了我们大忙，帮我们度过了开始最困难的日子。郭老师一直教了我三年半，我们建立了深厚的感情。如今我和妈妈都时常会想她，她和我们像亲人一样。

感谢王老师

我现在在北京一家私立艺术学校学习，上初中二年级，我们学校还有高中，直升大学。我和同学关系挺好的，我会抢着做值日。我喜欢英文、体育，语文也还行。我当然要好好学习，尤其学好汉字，因为妈妈就是学好了汉字才能够带我到北京来的。

我很感谢我的王老师，我妈得急性胆囊炎那次，她和女婿把我妈送到中日友好医院。我妈当晚留院，老师就把我带回她家住。知道我晚饭没吃好，还特意叫女儿做了红烧牛肉土豆给我吃，她孙子还特别陪我玩了会儿游戏，并特意和我一起睡在一个沙发床上。

妈妈病了我其实是很害怕的，虽然老师一家人都用心照顾我，但是躺在床上我还是流眼泪了，后来哭着哭着就睡着了。第二天早上，老师给我喝了牛奶，吃了鸡蛋，带我去上学。王老师，我从内心感谢您！

我是家里的开心果

妈妈说我是开心果，全家人的开心果。

我现在长大了，平时妈妈做饭，会主动问她要不要帮忙。我妈常常做我们新疆的手抓饭、汤饭、揪片子、蒸牛肉韭菜包子。我偶尔也会做饭，除了煮方便面、蒸米饭，还会做油炸双汇牛肉或鸡肉火腿肠、蛋炒饭，拿手的炒菜是炒土豆片。我妈妈不是很愿意让我做家务，一般只需要我把做好的菜或米饭端到桌子上。但是去超市买重的东西我都会主动提着，我有劲嘛，是小男子汉。

我有哥哥姐姐弟弟妹妹一大家子人，我和他们相处得都很好，他们对我也很好。

我表哥是北京公安大学毕业的，现在是派出所的

一名警员。他常常告诉我一些事情，说我是幸运的，有爸爸妈妈的陪伴，可是有一些小朋友因为各种各样特殊的原因，小小年纪就走了歪路，非常可惜。我有一次和新疆少管所的学员们一起联欢，表演节目，迎接新年，他们也挺多才多艺，斯斯文文，比我大三四岁，却要在管教所待着，行动不自由。我真心希望他们改掉坏毛病，可以自由地走在大街上。

我和小表哥很爱私聊，他上高中了，有什么好玩的事情都跟我说。

之前我小，和姐姐闹着玩，一般都是她“收拾”我。现在我长大了，再和她闹着玩，她经常拿我没办法：比如我要胳肢她，把她摔倒在地上，她基本都没辙了，有时候她会生气，向我妈告状；有时候，她被我摔倒了，就不起来，躺在地上，我只好把她拉起来，她的气也就

消了，接着和我玩。

我的每个哥哥姐姐都陪我去电影院看过电影，因为我喜欢看电影嘛。《三傻大闹宝莱坞》就很好看，把我乐死了，其中的歌舞也很不错。我经常在网上看各种舞蹈，最喜欢印度的歌舞，因为印度歌舞很适合我的口味，边唱边跳，还很幽默。

我每天睡觉前都会和妈妈道晚安。我会按时睡觉，因为脸上老是长痘痘，其实已经很久很久不吃辣的东西了，可乐也几乎不喝了，但痘痘还是长。我妈说按时睡觉，保证充足睡眠会缓解痘痘生长。我现在每天都在战痘、战痘、战痘！

我的脸上不长痘，那我就是一颗可爱的开心果；如果老是长痘，就是一颗让我妈着急的开心果。

我会照顾人

我和丫丫是参加《星光大道》时认识的，她妈和我妈关系很好。一天，两个妈妈相约出去逛街，把我和丫丫留在节目组的宾馆里，说她们一会儿就回来。结果逛着逛着她们就忘了时间，到中午了也没回来。

等她们急匆匆地赶回来时，我已经买了方便面泡好，和丫丫吃完了。两位妈妈很惊讶，认为我没有那么大的本事。那时我 6 岁，而丫丫比我还小，大人们把这件事情理解为我很能干很会照顾人，其实我认为这是小男子汉应该做的事情，我总不能看着比我还小的丫丫饿肚子吧。

我又想起已经过世的奶奶了：原先只要我回乌鲁

木齐，就会给奶奶买好多吃的，酸奶啊，烤串啊。奶奶总是很高兴。我们一起有说有笑地吃东西，真快乐。

我的游戏

我说的游戏主要是在电脑上玩的。

我比较喜欢玩《实况足球》，会选葡萄牙队为我的主队，超喜欢西罗。我目前正在玩的是《使命召唤》，最新的9，从5、6、7、8开始玩的，前4个没玩。

之前我还玩《战地3》《荣誉勋章》。枪战是每个男孩子都爱玩的游戏吧，我们都幻想成为英雄。我有时闯关闯不过去，怎么都过不去，这时就停下来，先放一放，等过几天再闯就会好很多。有的时候，一些事情一下子做不好，缓和一下是有好处的。

足球运动员

我的业余时间还喜欢用来踢足球。现在我是毕姥爷明星足球队的一员，他都让我上场打比赛了。

我有一个小秘密——当年差点就成为专业球员了。

那是我在北京安慧北里小学上一年级的时候，学校离家很近，放学了时间还早的话，就会和同学们在学校操场上踢足球，跑来跑去热闹得很。一天，一个

叔叔在球场边看我们踢球，从头看到尾，等我们踢完球该回家了，那叔叔拦着我问：“你喜欢踢球吗？”我说：“喜欢！”他问我：“你愿意踢球吗？”我说：“愿意。”他问我叫什么名字，我说：“阿尔法。”那时我已经上完《星光大道》了，但他显然不知道我。他说：“这里有个通知书，你拿回去给家长看，上面有我的电话。”又用很欣喜的目光看着我，“小家伙，很有劲啊！”

回到家，我把通知书给我妈，我妈看后说，那是一个很有实力的足球俱乐部，负责选拔好的苗子培养来踢足球。通知书邀请我加入俱乐部，生活费用全包。

我问我妈："那我去不去呢？"我妈说："你还是以上学为主吧，长大一点了再踢。"我妈其实是怕我踢球受伤，所以我没去成俱乐部踢球，但是相信如果踢足球我也一定会踢得很好，也许可以像贝克汉姆那样好，我特别特别喜欢他。

我现在正式参加了明星足球队，是业余足球运动员，队长是毕姥爷。我们基本上都是星期天晚上在奥体训练，分成两组对抗。我的体力还行，球技自我感觉也还行，但足球主要讲究集体配合。我跟随明星队去外地打比赛，毕姥爷也会把我派上场。

拳击生涯

我爸偶尔会和我踢球，但他最喜欢的是教我拳击。在我们新疆的家里，爸爸买了一整套运动器械，其中就有大沙袋，没事的时候，我爸会去挥舞一下拳头打沙袋。

在我上幼儿园的时候，我爸就教我拳击了。这项运动主要要求速度要快，出手要准，要学会躲闪对方的拳头。我天生好动，在幼儿园也总是跃跃欲试地移动脚步，出手，收回，出手，收回，只要不小心，我的拳头就来不及收回，就会打到别的小朋友。一般小朋友哭一下，老师安慰一下，我再赔个礼也就没事了，可有一次，我把一个小朋友的鼻子打出血了，他妈找到我家向我爸告状，我爸很生气，那以后就

Old Beer
GOLDEN AGE

再也不教我拳击了。他觉得我练拳击很危险，要是天天打人那可不好办。

于是，我的拳击生涯在幼儿园就结束了，我要是练下去会不会成为下一个拳王泰森呢？当然，我是不会咬别人耳朵的。

不许动手

我爸爸妈妈经常在我耳边念叨，做人要善良、有礼貌、尊重他人，而在行动上，只有一点：不许动手。我妈更是很肯定地告诉我：打女人和孩子的男人不是好男人，是没出息的人。

其实男人和男人之间动手也是件很丢脸的事。那时我十一二岁，我家已经搬到望京这个小区了。小区里一大帮孩子经常在一起踢球，有三兄弟是印度人，总是在一块儿，我老和他们在一起踢球，虽然都听不懂对方讲什么。三兄弟中最小的弟弟眼睫毛很长，很好看，我经常抱他，并把他和他的兄弟带回家，妈妈就给他们好吃的。

我们对面院子里有几个大孩子，也会到我们院子来踢球，大概十四五岁，比我们都高些，踢球比较野。那天，我被其中一个大孩子踢过来的球直接砸在胸口上，当时我很生气，瞪着他，他还一副无所谓的样子，也不道歉。这是明摆着故意欺负人，因为我们这边全是比他们小的孩子。我当时真想冲上去打他一顿，但忍住了，没动手。以我练过拳击的底子，一拳上去，他肯定流鼻血，到时候该是他带着他妈来找我妈了。我不想给我妈惹麻烦，我忍了！

回到家我疼得躺在床上没缓过劲来，我妈问我怎么回事，我和她说了，我妈也很生气，跑到楼下院子里想找那个孩子说理，结果没找到。她知道我没有动手打人还是很高兴的，肯定了我的做法。

暑假骑马

我现在大部分时间生活在北京，但是因为演出，很幸运，去过我们新疆很多美丽的城市：石河子、克拉玛依、昌吉、伊犁、阿克苏、库尔勒、喀什、玛纳斯、吐鲁番、奎屯……新疆真是好地方，气候宜人，早晚凉快，很容易入睡。而吃的就更丰盛：大盘鸡、拉条子、手抓肉、馕坑烤肉、凉皮子、烤鸽子、烤全羊、葡萄、石榴、杏子、西瓜、哈密瓜……

我最喜欢的还是每年暑假，演出不多的时候都在乌鲁木齐度过。我喜欢去南山骑马，找上一匹好马，在草地上不论慢跑还是疾驰都非常爽。这也是我可以真正撒野的时候，不论怎么骑，爸爸妈妈都不会说我，所以通常我都会快马加鞭跑出他们的视线。当然，跑得再远，最后还是要跑回去的。

骑完马，躺在草地上，什么也不想，看蓝天白云，风吹过来，我心飞翔，哈，那才是真正的自由自在！这种时候我才知道，躺在地上，和大地在一起真踏实。我建议大家没事就在地上躺一躺，躺完绝对很轻松。

我的叔叔有个很大的温室生态园，我们经常去玩。温室里面有很多蔬菜和水果，最神奇的是有香蕉，这是南方的植物，在我们北方只有在温室里可以种植。

音乐响起，我们就开始跳舞，跳我们的民族舞，不论老幼统统上来跳，可热闹了。我这时候跳舞也最自然，用身体的抖动来表达心中的愉悦。

火太大了

我是个可以自得其乐的人，雨天可以自己打着伞在院子的水池里玩遥控船，晚上经常去游泳。我也爱打网球、羽毛球、乒乓球，反正闲不住。

我早上从来不赖床，我妈一叫就起来。为了赶飞机，我们也会早上4点出门，有时还没有车，站在外面搭出租，那个冷啊……我上车就睡，到机场就醒；上飞机就睡，到地方就醒；坐车就睡，到地方就醒。有时候赶不上饭点，我和我妈就一路饿着，也不觉得烦恼。

只有一个小烦恼，就是脸上长青春痘，为此我已经很久不吃辣的东西了，饮料也很少喝。为了脸，我都能控制住自己。作为艺人，脸长不好，观众看了也会影响到情绪，我要把我最好的一面展示给观众和歌迷。可这些痘痘，不知道什么时候能消失。我妈带我看了好多医生了，都说我火大，要慢慢调理；也有医生说，过了我这个年纪就会好了。是不是每个人都会这样啊，也许这就是青春的代价？谁能告诉我，谁能告诉我！好，我的青春宣言：战痘到底！！

我的粉丝“法宝”们

我的粉丝“法宝”们有五万多人，很感谢他们一路对我的陪伴和喜爱。我是小歌手，不能像大人那样经常和歌迷互动，记得只有一次，我 9 岁的时候在温州电视台做了一场歌友会。那次我唱了 4 首歌，模仿了迈克尔·杰克逊的舞蹈，还跳了新疆舞。那天我和我的“法宝”们玩得都很开心，他们送我小熊玩具和各种小本子，还自己洗出我的照片让我签名。我每表演完，他们就使劲鼓掌，给我最大的鼓励。

这里面也有由粉丝变成好朋友的，比如徐山哥哥和小雪姐姐，负责我的“法宝”贴吧和“法宝”QQ 群。徐山哥哥从我一出道就开始关注我，去大连演出的时候我们见过两面，平时他经常和我妈妈保持联系。去年也就是 2012 年，他更是千里迢迢去了乌鲁木齐，

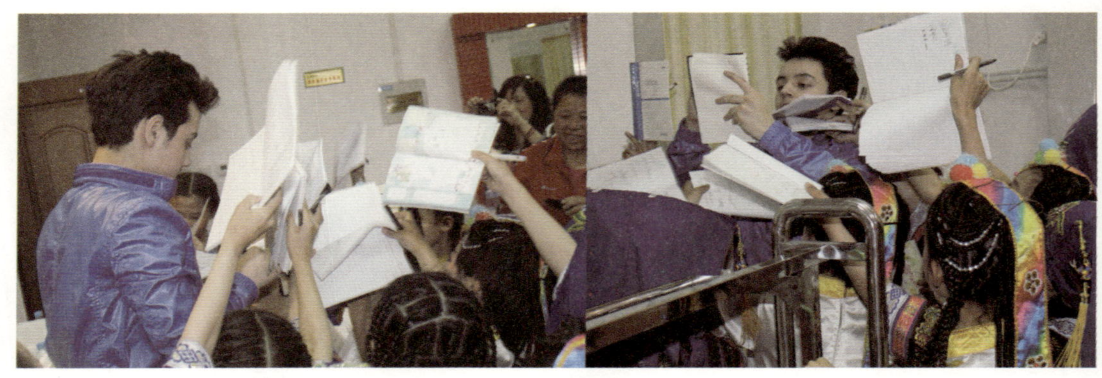

在我爸爸的公司里上班，认为这样是为了更好地帮助我，可以为我做更多更具体的事情。小雪姐姐在山东济南，负责我的 QQ 管理，我的 QQ 老是被盗，我现在基本不上 QQ 了，偶尔用我姐姐的 QQ 号上去一下。

有一次我妈接了个电话，放下电话后说，我的一个粉丝叫赵国强，一直很关注我，委托一个朋友从郑州给我送来了一桶他们当地的特产油、一包海带，还有一包烙饼。我妈说很感谢，可我们当时不在北京，没办法收下这份心意，很抱歉，只好请他的朋友把东西带回去了。

我的“法宝”们对我的好意还有很多很多，我心里很感动，在这里衷心地祝福我的“法宝”们好好学习，身体健康，孝敬父母，精神愉快！对了，我的粉丝中还有很多是老奶奶和阿姨，在这里我也祝福你们心情愉快，儿孙满堂，身体健康，永远年轻！！

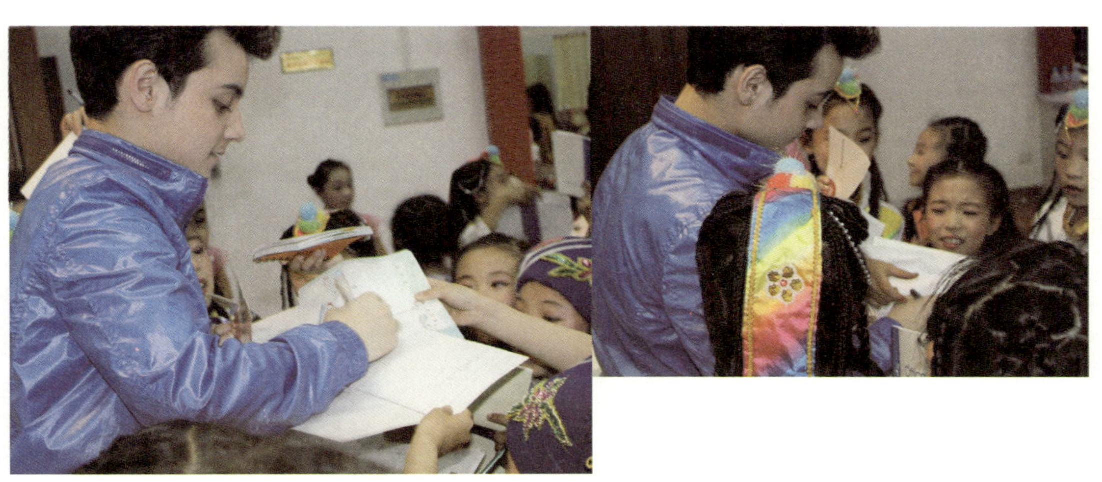

Chapter 6

有意义的事情

2009 年演唱会之后，我开始了对 16 个小学生的捐助。那时他们上小学一年级，我一直捐助他们到小学毕业。我真心希望他们能上学，有羽绒服穿不挨冻，有课外书可以看，有足球可以踢。

Arafat Arslan

奥运奖牌揭晓仪式

2008 年奥运会在中国盛大举行，之前我接到光荣而伟大的使命：担任奥运会奖牌揭晓发布会的展示嘉宾。非常感谢国家奥组委给我的这个荣誉。

记得 2007 年的一天，在北京科技展览馆，当时的情景犹如昨天，历历在目：国家体委领导、奥组委领导、各国记者两百多人在场见证了我国 2008 年奥运会金、银、铜牌的诞生。奥组委还详细介绍了奖牌“金镶玉”的意义和内涵。当得知奖牌呈面的玉是我们新疆的和田玉，这是代表中国的玉，我心里特别骄傲和激动，猜想会不会是因为奖牌的材料用了我们新疆的玉，奥组委才特别邀请我来参加揭牌仪式。当金、银、铜牌全部戴到我脖子上的时候，

各国记者都拿起相机“刷刷刷刷”地对着我拍照。

当时现场有两件事情让我记忆深刻。

第一件事是我戴着三种奖牌，感觉如此美好，那时我还小嘛，竟然对奥组委的主席说：“叔叔，叔叔，您能送我一块奖牌吗？”主席笑了，对我说：“阿尔法，这个不能送给你，这是给优秀运动员的奖励。我看，你倒是有机会可以去争取。”我听了使劲点头。

第二件事是活动告一段落，我去找我妈时，忽然有一个外国记者用不太流利的汉语问道：“请问，你是哪里人？”我毫不犹豫地说：“我是中国人！”那记者又问了一遍：“你是哪里人？”我忽然反应过来，在中国做北京奥运会奖牌的展示嘉宾的肯定是中国人，必须是中国人，那他应该是想问我是中国哪个地方的人，于是我说："我是新疆人，欢迎你去新疆玩！"他很高兴的样子，说："谢谢！"

第二天，北京各大媒体刊登了我戴着2008年奥运奖牌的照片，全家人都很为我骄傲。

捐助的孩子们

我爸爸的朋友张叔叔是一名记者。一天，他和我爸爸聊天，说有个从河南到乌鲁木齐打工的人的孩子，本来能歌善舞很可爱，但是有一天她去工地找她爸爸，不知道怎么搞的，裙子被卷到机器里，转动的机器把她的一条小腿也卷了进去压断了。爸爸听完沉默了。妈妈也很难过，觉得这孩子太可怜了。我说："那我们去看看她吧。"张叔叔就帮我们联系了她的学校，打听到她家住在哪里。

我们一起去了她家。她叫露露，比我小，开始有些害羞，过了会儿就和我们熟悉起来，喊我哥哥，给我讲在学校的事情。她说见到我很高兴，这是对她的鼓励，她会乐观地生活下去。我觉得露露很坚强，因为我无法想象没有了腿是什么样的感觉。临走的时候我答应还会来看她，并让我妈妈留了点钱，让她买些需要的学习用品。之后，我也多次去看望露露，有次我在乌鲁木齐过生日，她也来了，还给我带来了生日礼物，礼物虽小，但是她的一片心意，我很感谢。

2009年演唱会之后，我开始了对16个小学生的

TAKE
CLAP
CLIP
CHIC

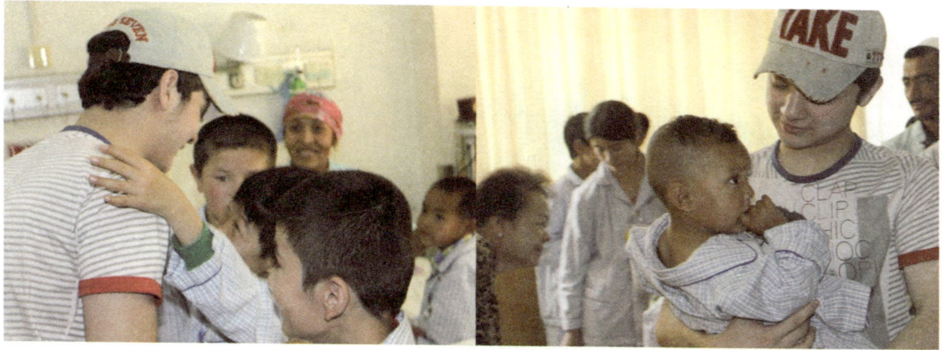
TAKE
CLAP
CLIP
CHIC

TAKE
TAKE

热烈欢迎

捐助。那时他们上小学一年级，我一直捐助他们到小学毕业。我真心希望他们能上学，有羽绒服穿不挨冻，有课外书可以看，有足球可以踢。他们是维吾尔族小朋友，我也希望他们可以学习汉字，将来到北京读大学。我愿意一直帮他们。

捐款汶川

2008 年 5.12 汶川大地震，牵动着全国人民的心，使我真正感受到全国人民团结的力量。我先后参加了中央电视台和新疆电视台的赈灾义演，一共捐了十一万现金。

那年的六一儿童节，因为汶川道路不通，我只好去看望安置在绵阳的汶川小朋友。我和妈妈买了一万五千元的学习用品送给他们。在帐篷里，我和小朋友们互动，唱了歌曲《热爱》，之后又到外面的空地和他们踢足球。我们的话题要避免谈到父母和家庭，怕引起他们的伤感，因为其中很多人在地震中失去了家人和朋友。

2009 年，也是六一儿童节，我的个人演唱会刚完，我们又带着一万五千元的学习用品去了汶川，看望失去父母的孩子们。那次我唱了《月亮之上》和《花儿红》两首歌。我很仔细地看孩子们脸上的表情，希望这些孤儿真正快乐，却又不能表现出伤感，我要快乐才能带给他们快乐，带给他们正能量。

小朋友都要有鞋子穿

一次，我在福建拍完某品牌鞋子的平面广告后，大家聚在餐厅里吃饭。爸爸妈妈和鞋厂的负责人林叔叔聊天，我自己看电视。

一则新闻吸引了我：甘肃某地发生了严重的泥石流，当地的小朋友们走在泥泞的路上，脚下的鞋破烂不堪。看到这些我心里很难受，就叫我妈看，用维语对我妈说："妈，你可不可以跟林叔叔说，请他给这些小朋友一些鞋子啊，你看他们的鞋子这么破了。"我妈说："那怎么好说，林叔叔的鞋子是商品，要卖钱的。"我说："妈，你就试一试嘛，我们昨天不是参观他们的车间，你没看到他们有那么多鞋子啊？"我妈笑了："傻孩子，再多也是人家的货啊，要进商

场卖的，又不是多出来的。”

我们叽叽咕咕，林叔叔和我爸停下来问我们说什么，我妈说：“阿尔法看这个电视上说甘肃的孩子没鞋子穿，想问一下林老板能不能捐些鞋子给他们穿？”林叔叔听完，脸上的表情一下子变得很严肃。他看了电视画面，很诚恳地对我爸爸妈妈说：“我不如个孩子啊！这个电视我们也在看，但只注意到这个灾情有多严重，还真没想到那里的孩子没鞋穿。阿尔法你真是个善良的好孩子，你的提议很好，叔叔不但要捐鞋子给灾区的小朋友，还要用阿尔法的名义捐，你说好不好啊？”

林叔叔很快和公司通了电话，然后说：“我们商量好了，以阿尔法的名义捐价值五十万元的鞋子给灾区的小朋友，你们说好不好？”我当时很激动，觉得林叔叔太酷了，很够爷们。我爸爸妈妈也很感谢他。

很快我爸联系了当地的人，我带着价值五十万元的鞋子到达甘肃灾区，给他们唱歌，和他们一起玩。我觉得很幸福。

我是小记者

我是中央电视台少儿频道《七彩星球》栏目的特约主持人，因为这个身份，在 2012 年和 2013 年连续两年作为小记者采访了两会代表。

我在 2012 年问两会代表的问题是：怎样给我们青少年学习减负？国家对动漫产业的支持力度有多大？2013 年的问题则是：我国的考试制度会有怎样的改进？

人大代表们都认真回答我的提问。我觉得能代表我们青少年关心国家大事，为我们青少年的成长而努力，心里很高兴也很自豪。

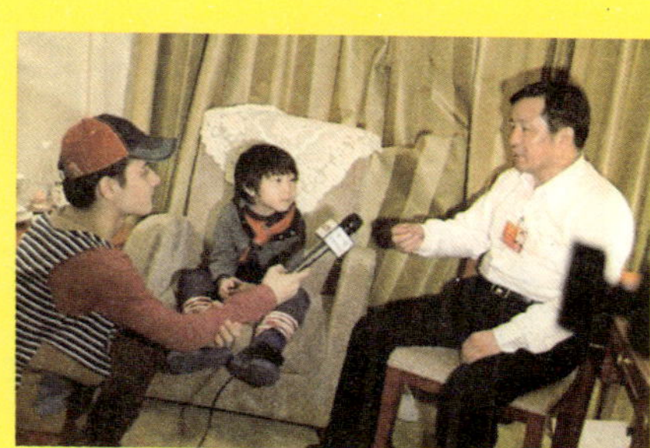

Chapter

附录

阿尔法无疑是目前最著名最有影响力的童星。但在充满掌声与鲜花的世界中，还有一个“守孝悌，次谨信”的阿尔法。

afat

附录一：他们这样说

我的兄弟——阿宝（著名歌手）

我和阿尔法同一年参加《星光大道》的比赛，那时候他还小。时间是魔术师，把阿尔法一天一天地变大了，主要是变高了。他现在才 14 岁，已经快和我一样高了，以后肯定会超过我。

从 2005 年《星光大道》到现在也有 9 个年头了，阿尔法最可贵的是始终保持着单纯，孩子样。我到现在还记得，2005 年我们比赛的时候，住在五棵松的“影视之家”宾馆。比赛完，参赛的演员能走的都走了，整个一层楼就剩下我和阿尔法还有他妈妈，他们也不出去吃饭，就吃自己带来的馕。我出去买了个礼物，忘了是啥礼物了，送给阿尔法，就想让他高兴一下。那时他就喊我哥哥，我也一直把他看作我的小兄弟。

2009 年，阿尔法在新疆乌鲁木齐人民大会堂的公益个人演唱会我去参加了，而我有什么节目需要嘉宾的，也会邀请阿尔法。像《我们有一套》我的那期，我就邀请了阿尔法，结果收视率第一名。在《欢乐英雄》节目上，我俩演双簧，配合得也很好。

阿尔法现在是变声期，看他的状态应该到 16 岁就可以全变完。以他的条件，可以多方面发展，比如影视领域。对于阿尔法我不想附加一些过多的期望，只要他健康快乐地成长！

小前辈——王二妮（著名歌手）

阿尔法是2005年上的《星光大道》，我是2007年上的《星光大道》，所以他是我的小前辈。

那时在电视上看到他，很惊喜：啊！有这么可爱的小孩子！现在我们经常一起演出，见面机会也多了。我觉得阿尔法单纯，懂事，聪明，尊老爱幼。他很听妈妈的话，没见过他顶嘴，我很欣赏，因为别说他已经是有影响力的童星了，就是一般孩子这一点也很难做到。因为他还是孩子，这些年我每次看到他演出基本都是他妈妈陪着。阿尔法妈妈为他付出了很多。这一两年，我见他一次他长高一次，呵呵呵，如今比我还高了！

我很关注他变声，因为男孩子变声期很重要。前些天听了他唱的《怀念战友》，感觉真不错，不但声音变好了，他对歌曲的理解和演唱处理表现得也很成熟。作为歌手唱歌要经过不断的磨练，他还小，今后的路还很长。他的舞蹈也跳得好，完全可以把歌舞融合在一起，走出一条自己的路。

阿尔法的天资很高，在舞台上很有明星范儿，压台，从不怯场。我自己也有个弟弟，我想对阿尔法说的是：阿尔法弟弟，放飞梦想，做你自己！

他和我最亲近——杨光（著名歌手）

在所有艺人中，阿尔法和我最亲近。我俩只要一见面，他一定上来不是故意弄乱我的头发，就是来打我的肚子。有时候也轻轻地抚摸，把头放在我肚子上听一听，故意问我："你有几个月了啊？"有时候见面还会问："杨光哥哥，你看看我的肌肉练得怎么样了，你觉得棒不棒啊？"我们一起候场，很少见他闲着，他教我跳骑马舞，也秀自己刚学来的舞蹈动作。总的来说，阿尔法非常活泼可爱。我很欣慰的是，这孩子一直保持着纯真和善良。

他还很有孝心。我们在外面吃东西的时候，他经常会说，这个我妈妈爱吃，这个我妈妈可以吃，这个好吃，我要给我妈妈带些回去。这么小的孩子如此懂事，很难得！

舞台上的阿尔法对自己要求很高，所呈现出来的张力，超越同龄人。这是他天赋的体现，他在我眼里就是个天才孩子。

2008年，我在南京的演唱会阿尔法做我的嘉宾。到了2009年，阿尔法在新疆维吾尔自治区大会堂开演唱会我也去做了他的嘉宾。作为哥哥，我是一定要去给他加油鼓励的。

他现在变声了，快成为一名少年了，不再是可爱的童星，辉煌的童星时代也将过去。我特别希望阿尔法平安度过变声期，之后找个老师好好地专业系统地学习声乐，突破自己，当然舞蹈也要齐头并进。他可以成为内地偶像派的歌手，那他的粉丝可不得了，因为从小跟着他长大嘛。希望到时候他的唱功、舞功都不输给任何一位歌手！

他很懂事孝顺——索尼娅（资深管理人）

与可爱的阿尔法认识时间不长，相处的时间也不多，但是他的谦逊、善良、懂事、低调却给我留下了深刻的印象。15 岁对于当今社会的很多独生子女来说，正值青春期，敏感、反抗、任性都是让父母操心的问题，然而阿尔法已经那么独立，那么有担当，真的是“小小少年已经长大”。

初次见到阿尔法是在吉林演出的后台，我演出结束下楼时与阿尔法同乘一部电梯。电梯出口处挤满了他的歌迷，纷纷要求与他合影留念。阿尔法不顾演出的疲惫，耐心地与每一位歌迷合影，真诚地微笑着面对每一位歌迷。让我印象尤其深刻的是，在与一位 3 岁的小粉丝合影时，他抑制不住对孩子的喜爱，甜蜜地亲吻了小宝贝，博得了在场歌迷的欢笑。

我之前与阿尔法妈妈素不相识，但同为少数民族的我们感到非常投缘。那次回北京时同乘一班飞机，在机场候机时我们聊得热火朝天，完全忽视了阿尔法的存在。聊天间隙，发现阿尔法在旁边无奈地看着我们，一副欲言又止的样子。还是妈妈了解他，问道:“你有事吗？” “妈妈，我想买点零食可以吗？”征得妈妈的同意，阿尔法才买回零食，立刻送到我面前：“姐姐，您先吃。”阿尔法虽然在舞台上歌声洪亮，生活中讲话却很小声，尤其是在公共场合。

阿尔法不仅一路替我拿行李，到京后看到没有人来接我，就主动提出让他妈妈送我回家，临别时还向我鞠躬道再见。

阿尔法的特性深深打动了我，童星的光环并没有泯灭他的童真与善良。在充满掌声与鲜花的世界中，还有一个“守孝悌，次谨信”的阿尔法，真为他的爸爸妈妈感到高兴！

听阿尔法的妈妈介绍，阿尔法从小善良，乐于助人，从 2007 年起至今已经捐款捐物三百多万元，还每年都抽出时间去探望捐助的孩子们。尤其是在春节前，不论功课多忙，他都要亲自去看望小朋友。他手机中有张抱着病患儿并和其对视的照片，至今让我难忘。

我想阿尔法不一定懂得什么叫乐善好施，什么叫回报社会，而是仅仅出于善良的本性和对孩子的喜爱。看到他与孩子们一同快乐地游戏，真诚地拥抱，你就会明白他付出的快乐。

我想阿尔法的路还很长，真诚地祝福他在人生的每一个阶段都脚踏实地，不被外界的浮躁所干扰动摇。希望他的歌声与舞姿能给每一个人带去快乐，也希望我们能乘着他歌声的翅膀飞向艺术的殿堂。

最优秀的小主持人

——青青姐姐（中央电视台《七彩星球》主持人）

当初在我看到阿尔法的时候，我的脑海里忽然冒出了一个想法：创建我们全新的七彩星球英俊少年主播组。因为阿尔法太有这方面的天分了。平时乖巧、低调谦虚的阿尔法只要一进入采访状态，仿佛就进入另外一种境界，阿尔法的亲和力和睿智的提问让受访者情不自禁地面对少年明星主播侃侃而谈。阿尔法说过："我们自信，相信在不久的将来，在青青姐姐的带领下，少年主播组一定会成为'金话筒'台柱。"

童年时代的小阿尔法可爱至极，流动的舞姿，精致的五官，无以伦比！真是太可爱！太完美！太好玩了！他与美国的秀兰·邓波儿遥相呼应，堪称世界童星的金童玉女。虽然来自不同的国籍，不同的历史时期，不同的文化背景，但是艺术的感悟是共同的，观众永远铭记美国的秀兰·邓波儿，中国的阿尔法比秀兰·邓波儿更幸运，更具有世界巨星的荧屏气质：阿尔法精致无可挑剔的五官，注定了阿尔法在成长的不同时期，都极具魅力，现在阿尔法由可爱向英俊发展，颇有世界华人巨星费翔的潜质，英俊潇洒的歌舞表演，震撼观众的心灵。

最让我感动的是阿尔法特别有爱心，特别敬业。在 CCTV 网络春晚录制的时候，不幸的消息传来：阿尔法最爱的奶奶去世了，他强忍悲痛，依然认真表演和指导其他人。之前为了这个节目，阿尔法与七彩星球少年主播们每次都是熬到深夜，不断排练和修正。功夫不负有心人，恒星哥哥阿尔法最终带领七彩星球的少年主播们成功完成了舞台表演，《七彩星球》被评为最受欢迎的节目，支持率高出了很多大腕明星！阿尔法事后说，我终于可以告慰奶奶的在天之灵。在那个时刻，他再也控制不住情感，眼泪夺眶而出。

我们《七彩星球》栏目应邀去美国文化交流，观众对阿尔法的表演总是报以最热烈的掌声。我和阿尔法还去了好莱坞，看到了绿色怪物史莱克、变形金刚、海绵宝宝、泰坦尼克号，并和好莱坞导演亲切交谈。我们还参观了迪斯尼、拉斯维加斯、葡萄酒产地、旧金山、洛杉矶、纽约奥巴马的白宫。阿尔法说他心目中的偶像是美国著名歌星迈克·杰克逊，所以一直想来他的故乡看看，今天总算是如愿了。阿尔法还有一个小小的愿望，就是采访国际著名影星阿诺·施瓦辛格，在下次访问美国的时候，这个愿望将会实现。

联合国和平小使者——杨春龄（知名企业家）

当年年仅五岁的新疆维吾尔族小男孩阿尔法在《非常6+1》赢得了“非常明星奖”，一夜成名的小阿尔法立马就火了起来。不仅央视好多栏目纷纷相继邀请阿尔法来表演节目（如《开心辞典》《星光大道》《全家总动员》《今晚》等央视品牌栏目都曾留下过阿尔法的身影），而且在全国各地的许多演出和电视节目中，阿尔法用他的歌声和舞蹈赢得了观众的掌声、鲜花和赞美，很快他就成为中国家喻户晓的小童星。

8月16日晚，在CCTVIPTV办公室内，我们见到了这位乖巧、略显腼腆的小童星。如今的阿尔法长大了，到今年12月2日他生日那天就满15周岁了。阿尔法长高了，个头超过了172cm 。曾经是新疆自治区医院护士的阿尔法妈妈热西丹热情地告诉我们说，阿尔法今年暑期开学后就读初中三年级了。

据广电总局熟悉阿尔法的一些领导介绍，阿尔法不仅是个形象酷、演艺好、人见人爱的小童星，他还是个很有爱心的好孩子，时常参加义演，先后爱心捐赠达到三百多万元，还捐养了16名贫困儿童。

在轻松愉快的交流和会见中，联合国和平小使者组委会副主席兼秘书长、孔子76代嫡孙、国际儒商总会秘书长孔令文先生和作为组委会执行主席、上海千和公司董事长的我代表组委会向阿尔法颁发了聘书。阿尔法非常高兴地接受了聘书，成为首位联合国和平小使者公益形象代言人，在场的广电总局相关领导和北京几家文化影视公司的老总、导演等共同见证了这一令人难忘的时刻。阿尔法妈妈表示，今年国庆黄金周期间，阿尔法将会出席联合国和平小使者颁奖典礼，现场进行公益演出。孔先生现场对阿尔法进行了专访，8月底即将出版的《和平小使者》报将发表对阿尔法的访谈文章。

当我们问阿尔法有什么梦想时，这位小童星一双本来就很明亮的、新疆人特有的眸子显得更加明亮了，我们从中看到了他那充满着自信与坚定的目光。他告诉我们说，他的梦想就是成功拍摄一部叫《足球宝贝》的电视剧，借此来推动我国儿童足球事业的发展，此外，就是继续关注与参与各项公益活动。

阿尔法的时间表——王翊琳（资深电影人）

作为艺人的阿尔法，一定有着和其他小朋友不同的时间安排，他每天忙碌而充实，我就把我很早前的一篇腾讯日志拿出来和大家分享，让我们一起感受阿尔法争分夺秒的一天，看看这一天他都做了哪些事情，看看他是怎样生活和成长的。

2008 年 2 月 6 日 大年三十

阿尔法在 8 点左右起床。他们一家人 9 点多一点从望京出发，张师傅开车，10 点左右到双榆树我们汇合。阿妈妈阿爸爸陪阿尔法去北京红十字会向受雪灾的同胞们捐款一万元。11 点多到达北京红十字会，捐款手续办得很顺利，工作人员有人认出阿尔法，对他的捐款表示感谢！

12 点 30 回到望京，古巴老师哈比已经等在家里，阿尔法说，等我一下，冲进洗手间，出来后，开始练习拉丁舞一个小时。中间休息 10 分钟。阿尔法把相机调到自动档放在地上，并加入合影，我们三个就趴在地上合影，姿态奇特是为了将就相机。

中午 1 点 50 阿妈妈煮好饺子，我们大家围坐在餐桌前吃饺子，古巴同志哈比连连说："饺子！饺子！好吃！"

阿尔法同学因吃得太急把米饭（他吃了几个饺子，

接着吃米饭）弄到身上，被阿爸爸批评，他没有还嘴，但流下委屈的眼泪，端着碗进自己房间去吃，不肯上桌。

2点20　我给阿尔法同学录了一段影像，一会儿要送北京台。

2点40　我们检查影像没问题，法法同学飞快穿好鞋子，在两个姐姐的陪同下去双安的华星影城看周杰伦的电影《大灌篮》。

3点30 我同阿妈妈阿爸爸挥手告别，祝他们一路平安！

因为晚上11点阿尔法一家将和中央电视台的栏目组一起飞往阿联酋演出。后来知道：阿尔法和两个姐姐5点30看完电影回到家，立刻去理了头发，一直到6点30分。阿尔法一家三口在7点打出租车去机场，因为是大年三十，就没有再劳驾张师傅。8点在机场和中央电视台的工作人员集合，办理登机手续，之后在机场候机，登机。11点飞机冲上夜空，一路星光，阿尔法在飞机上度过了大年三十，迎来了新的一年。

附录二：百年一遇阿尔法

——王翊琳（资深电影人）

阿尔法无疑是中国目前最著名最有影响力的童星。

我第一次见到阿尔法是在2006年的6月，他7岁半，今年是第八个年头，12月2日他就满15岁。阿尔法与生俱来的天性让我喜爱，他天性中自律的态度让我敬佩。

作为一名影视行者，我还记得20年前我们的老师汪流先生说过：电影是一门综合艺术，电影是流动的画面。如果你们看到我以下的文字，脑海里可以浮现出流动的画面，那么阿尔法精彩的生命演出之百年一遇就开始了。

我最先看到的是一张照片，就是全国人民最初认识阿尔法的样子，在《非常6+1》的舞台上，这个可爱的新疆维吾尔族小男孩穿着蓝色的金丝绒衣服，带着顶蓝白色花帽，一张纯真白皙的脸，大眼睛忽闪着机灵和热情。而现在，他是我们即将要拍摄的歌舞片电影中小王子的扮演者，还是远古的波斯国小王子，在影片中要唱歌跳舞，导演对他满意得不得了。这是阿尔法的第一部电影，他的爸爸阿尔斯兰将全程陪同。

阿尔斯兰坐在剧组的导演办公室里，导演把演员合同递给他，热情洋溢的话说完就飘出去忙她的事情去了，留下我等着阿尔斯兰先生看完合同并签字。

我先是礼貌地对他讲明我是演员副导演，然后问："阿尔法爸爸，您看我怎么称呼您啊？"他很缓慢地说："阿——兰。"我没听清楚，重复了一遍："阿楠？"他微笑着轻轻地说："阿兰。"他惜字如金，从进来到现在除了一句你好，就是这两遍阿兰。但我还是在心底笑起来：阿尔法爸爸长得浓眉大眼，大鼻子，厚嘴唇，却叫这么一个秀气的名字。后来才搞明白，在维语里，他的名字是连起来叫的，阿尔斯兰，抑扬顿挫，很是好听。他入乡随俗，简化为：阿兰。好吧，我们就当他是一朵长相狂野的兰花吧。我说："您看一下合同，如果没有异议您就在这里签字。"他轻轻地把合同推向我这边说："麻烦你帮我读一下，谢谢！"这种事情我还是第一次遇到，犹豫了一下，我拿起合同给他读。他听完，平静地问："我可以签字了吗？"

在等导演回来的时间里，这位绅士般的阿兰先生不再说话。我开始从各个角度找话题，试图了解我的演员——还是有效果的，从我说十句他回答一句的对话中，我知道：这位阿兰先生以前也是一位演员，吃饭是按照清真习俗，剧组要特别注意。我也以我是新疆石河子人，我们是新疆老乡来套近乎，因为那时他们一家来北京不到一年。当然，他们是土族，一直是新疆人，我则是支边青年的后代，新疆建设兵团的第二代人，简称：兵二代。

阿尔法穿着短裤小背心活泼可爱地进组了。你看啊，他就是个天真的小娃娃，明媚的眼眸，长长的眼睫毛，童真的笑容，人见人心疼。但是当他幼小的身体穿上戏服，他就是影片中的王子，优雅淡定；当他和大明星一起站在电影发布会现场，他就是小明星，还是优雅淡定，但多了一分从容，仿佛天生就是来做这些事情的，心安理得，所以没有慌乱。

为什么一个如此小的孩子不论面对怎样的大场面，都不慌乱，会用相对合理的方式来面对呢？在和阿尔法一家交往多年后，我现在可以说：根源在于他是他爸爸的儿子，遗传。在后来我和他们交往的日子里，我从没有见过阿尔斯兰对外人尤其是陌生人恭维。他用微笑保持修养，用礼貌保持风度，用不动声色保持尊严。古话云："有其父必有其子。"当你了解阿尔法之后，还会想起一句古话："青出于蓝而胜于蓝。"

电影开机后，我们还在找扮演波斯国王的演员，结果是"踏破铁鞋无觅处，得来全不费工夫"。你们马上猜到是谁了吧？是的，等阿尔法爸爸阿尔斯兰定完妆，导演又一次满意得不得了："太合适了！"一是形象很像国王，二是片酬好商量，三是时间完全合拍：阿尔法在剧组，他爸爸就在剧组。很快我也知道了一个关于阿兰的小秘密（闪回）："您看一下合同，如果没有异议您就在这里签字。"他轻轻地把合同推向我这边说："麻烦你帮我读一下，谢谢！"秘密就是：阿兰上的是维语学校，不认识汉字。因为他要我帮他读剧本，才简单地说："我学的是维语。"的确，在新疆他们不用必须说汉语。

我很惊讶阿兰和阿尔法父子俩的记忆力，台词我只要读一遍，他俩就可以记住。偶尔要讨论的是，这句台词要表达的意思到底是什么。阿兰毕竟以前是专业演员，驾驭角色很轻松。他给阿尔法说戏时都用维语。

6月，河北涿州影视基地的摄影棚里已经开始热了。阿尔法轻松愉快地在棚里跑来跑去，对什么都好奇，摄影机、轨道、大摇臂、各种灯、道具……他是个让人喜爱的孩子，礼貌懂事，所以每个部门都会对他的好奇积极回应，解疑答惑。事实上剧组几乎各个部门的人都喜欢他。喜欢他的表现是：上到导演，下到场务兄弟，个个都忍不住拿手去捏他的脸。直到他很认真地对导演说："导演，我现在是电影演员，要是大家再捏我的脸，我的脸肿了就不连戏了，这个很重要对吧？"导演听这么个小孩子合情合理地提意见，非常惊讶，说："对，对，阿尔法你说得对，你考虑得很周全！大家以后绝对不能再捏阿尔法的脸了！捏肿了就不连戏了。我们要好好拍电影，知道了吗？我们还不如个小朋友懂事！"大家都笑嘻嘻地答应了。

阿兰这时候表现出一个好演员应该有的素质：只要是化了妆扮上了，就安静地候场，从来没有抱怨过。

跟过剧组的人都知道，演员常常会带妆很久还拍不到戏，因身体引发的不舒服会让演员心情不好，进而烦躁。阿兰这样子无疑是用实际行动为阿尔法做出了榜样，因为那是阿尔法的第一次群体生活和集体合作，也是第一次做一份相对长期的工作，而他从父亲那里学到了工作态度。之后的阿尔法也确实像父亲一样做了，只要是关乎工作的事情，都很认真，不会找任何借口敷衍。

在生活上，因为只有阿尔法和爸爸两个吃的是清真餐，剧组就帮他们在外面的清真餐馆订的饭。如果他俩都在拍摄现场还好，饭就直接送到现场；有的时候，他俩当天没有戏，或者是夜戏，阿尔法爸爸就会给我打电话说："我们饿了！"我再协调派人买了饭给他们送去。在这点上，阿尔法爸爸从没有挑过刺，阿尔法也是深受影响。

在后来的演出中，阿尔法妈妈一直都带着馕，有饭吃饭，没饭时他们吃馕（"馕"是维吾尔族特有的食物，是一种放在馕坑里烤出来的像大饼一样的面食，易于保存，好的馕可以放一个月不坏）。

无论是茶水泡馕、盒饭，还是自己做的一顿拉条子，抑或餐厅里的一顿丰盛大餐，阿尔法、阿尔法爸爸、阿尔法妈妈基本上都是怀着敬畏和感恩去吃这些食物，吃饭时保持肃静，几乎不浪费食物。只有在外面应酬吃饭，他们才会和朋友、客人说话。吃完饭，他们会双手拂过脸面，表示感谢真主，感谢父母，感谢生活让他们享受了美好食物。他们这种懂得感恩的言行深深感动了我。

那部电影的导演很用心思，河北省歌舞团的40多个年轻舞蹈演员加上戏里的近10个角色演员在开机前已经排练了一个多月，全部是原创的舞蹈。电影里的几首歌曲也是原创，都是提前做出来的。因为要载歌载舞，每天在现场我们都会听到这些古代韵律的很好听的歌，从摄影师到灯光师，全体工作人员只要可以唱的都在唱（不是同期声）：“财也空空空啊，色也空空空啊，气也空空空啊。”就有人接着唱：“空啊！空啊！”这么欢乐的电影，却由于不知晓的原因在我下杀青通告日期的4天前竟然夭折了。此时，阿尔法的戏份拍完了，但阿兰演的国王为救女儿光荣牺牲的重场戏没有拍。

在这个看似不完美的经历中，我和阿尔法一家的友谊之花开始发芽。

我去找阿尔法妈妈拿资料，提前给她打电话，说：“不好意思，我不知道您的名字，我怎么称呼您啊？”她毫不犹豫地说：“我的名字长，不好记，你就叫我阿尔法妈妈吧！”从那以后，我就一直叫她阿尔法妈妈，后来简称阿妈妈。她是一个为儿子骄傲的母亲，一个可以为了儿子忘记自己姓名的母亲。每当想起阿尔法妈妈，我的脑海里总是出现一个在前面为了儿子奋力开路的母亲影像。

纵观娱乐圈所有年少成名的小明星，无一例外有个一心一意全职帮助他们的爸爸或妈妈，在阿尔法家这个人应该是妈妈热西丹·肉孜。

在阿尔法参加完《非常6+1》之后，其实并不是接着上《星光大道》，而是参加了央视《全家总动员》的节目，《星光大道》的导演郭燕也是经《全家总动员》栏目的导演推荐，看了阿尔法一家的表演才邀请阿尔法去参加《星光大道》的。但最让郭燕导演惊讶的是：阿尔法的妈妈换人了，不是她看到的在《全家总动员》中翩翩起舞、不怯场、还很有舞台风度的那个妈妈！当热西丹给郭燕导演讲清楚事情的来龙去脉，作为一个女性，郭燕导演对阿尔法妈妈充满敬意。

全家总动员，顾名思义是要全家人一起上台表演。在新疆的时候，阿尔法妈妈对阿尔法爸爸说："我们去参赛吧，刚好可以给阿尔法一个锻炼机会。"阿尔法爸爸笑了，作为曾经的演员，能歌善舞，年轻的时候英俊潇洒，沉默内敛的性格加上父亲在当地的威望，使他在姑娘们眼中格外迷人。本着对舞台的尊敬，他认为阿尔法妈妈毫无表演能力，怎么能一家人上台呢？舞台绝对不能是出洋相的地方。所以他笑了，并一口拒绝。

热西丹搞清楚原因后，没有灰心，找到一个人并且说服了她，结果那个人同意演出，并且带着她的女儿和阿尔法爸爸、阿尔法一起演出。热西丹告诉阿尔斯兰，她找到人和他一起演出了。当阿尔法爸爸知道那个人是谁的时候，用阿尔法妈妈的话说是："他惊呆了！"并且更加不同意。最后，阿尔法妈妈用说服那个"她"的话再一次铿锵有力地说服了阿尔法爸爸："我要是自己能上场表演我就自己上了。现在我都没有问题，我都想得通，你们两个扭捏什么呢？这一切都是为了孩子，为了孩子你们两个就不能友好一下吗？我请求你们两个，这次要合作一下！"

这个"她"是阿尔法爸爸的前妻，新疆某著名女高音歌唱家。最终，她带着女儿也就是阿尔法同父异母的姐姐和阿尔法父子一起参加了《全家总动员》，取得了好成绩，也是因为这个机会，郭燕导演发现了阿尔法，他才参与了《星光大道》。

这就是阿尔法妈妈的胆识和气度。在参加完《星光大道》之后的第二年，阿尔法妈妈毅然辞去了新疆维吾尔自治区人民医院的工作，带着阿尔法来到北京，从住地下室招待所开始，陪着儿子一步一个脚印地往前走。走着走着，一切都开始变好了，阿尔法越来越火，演出也越来越多，不知不觉中表演由纯粹的兴趣爱好变成了工作，好在他很享受他的工作，沉浸在其中不亦乐乎。

我们姑且就把这种巧合当作天意。阿尔法妈妈属于“民考汉”，阿尔法爸爸属于“民考民”（新疆特有的教育体制，少数民族学生可以从小学习汉语，叫“民考汉”，这样很可能他们就只会说而不会写他们本民族的文字；如果是“民考民”，那他们会写本民族的字，但不学汉字，通常会说不会写汉字）。所以阿尔法妈妈会写中文，阿尔法爸爸会写维文。这是阿尔法妈妈有勇气也有底气带阿尔法来北京的一个重要原因。知识就是力量，学问就是力量。

阿尔法妈妈还有个被经常提起、认同但不是每个妈妈都可以做到的优点：随时随地鼓励孩子。如果她要指出阿尔法的不足，大部分情况下是笑着说，开着玩笑说，甚至情景再现地说；但如果为一件事情她比较严厉地指出阿尔法做得不好，那么阿尔法一定会意识到自己出了问题，一定会恳请妈妈的原谅并保证不再犯了。这一点上我很佩服阿尔法妈妈。

阿尔法的天时地利人和——

天时造英雄。阿尔法在合适的时候出生了，赶上了合适的机会。他是“90后”，相比前辈们幸福的一代，起码是物质生活较为丰富的一代，接受新鲜事物机会更多的一代。当温饱解决，百花就开始齐放，歌舞就开始升平，这是每一个有艺术天赋的人们的“天时”。而在2004年前后，中央电视台的《非常6+1》和《星光大道》等栏目，对儿童参加节目比赛还没有明确限制，阿尔法的参赛使他一鸣惊人，脱颖而出。他的天赋和童真所向披靡，只要看了他节目的人都留下了极其深刻的印象。中央电视台巨大的影响力使阿尔法的名声很快被传播出去，极具观众缘的阿尔法也很快被大众记住。而在之后，中央电视台对儿童参加成人比赛有了限制。

地利助英雄：新疆出美女其实也是指出地道的少数民族美女，如维吾尔族、哈萨克族、塔吉克族、回族等民族。总体来说，少数民族的五官长得比汉族五官更立体。阿尔法是维吾尔族，匀称的体形，英俊的脸，作为一个艺人的基本条件无疑具备了，还绰绰有余。在新疆这片神奇的地方，人们天生能歌善舞，手鼓打起来，人们就能跳起来。新疆舞蹈独树一帜，个人舞蹈技巧和能力有很大的展示空间，在一个婚宴上、生日派对上，某个舞技出众的人会被刮目相看。小孩子们很早就能感受这欢快的气氛，很小就会随着大人扭动身体，用肢体去丈量喜悦，随意迈开脚步，任意伸展双臂，尽情踏着鼓点起舞。新疆是阿尔法出生成长的地方，他对舞蹈的驾驭能力有目共睹。在这里，他长出了快乐的种子，拥有了对音乐和舞蹈热爱的心，后来自自然然、不可阻挡地来到北京，结出了所有梦想的果实。他带着一颗赤子之心，唱着“谁也不要嫌弃谁，做个朋友吧，做个朋友吧”，瞬间触动了人们柔软的爱怜之情。

人和育英雄：阿尔法的爸爸妈妈最能印证人和育英雄这一点。天下的父母都要好好修炼自己，这样有一天孩子才可能成为像你们期待的人。当然这并不是说每个孩子都要和阿尔法一样，这不可能，因为每个孩子都是独一无二的，有着自己独特的世界观和人生轨迹。

阿尔法是爸爸妈妈最骄傲最喜爱的作品。阿尔斯兰和热西丹各有一次婚姻，各有一个女儿，所以阿尔法有两个姐姐，他们相处得都很好。阿尔法性格上遗传了父母身上的优点：爸爸沉稳高贵，妈妈果敢聪慧。从长相上说他自己进行了混搭：长了爸爸的大眼睛和高鼻梁，长了妈妈的细眉毛和小嘴巴。所以整体看起来阿尔法大方又秀气。现在已经长大的阿尔法，整张脸庞更具雕塑感，脸型比小时候拉长了，眼睛深邃，少年阿尔法英俊迷人。他的艺术天分得益于爸爸，良好的与人沟通能力得益于妈妈。父母的团结合作、共同努力有了阿尔法的今天。

阿尔法妈妈的执着，为了孩子的前途排除万难不惜牺牲自己事业的胆识，毅然奔向北京的决心，对阿尔法来说是“人和”的核心。阿尔法能横空出世，来北京后无数“贵人”对他无私地伸出援手，也是人和浓墨重彩的一笔，无比珍贵。

我们通常说，出一个人物、一个大事件从大了说要天时地利人和，从小了说要人和地利天时，缺了一门，就变成怀才不遇了。阿尔法是幸运的！

作为著名童星的父母，和大多数当父母的比起来，算少数派。既然是少数派，必然与众不同，想被其他人的父母认同就很难了。他们常常要面对一些尖锐的、与众不同的问题。

一次，阿尔法妈妈去交物业费，顺便交涉暖气不太暖的问题，阿尔法爸爸坐在一边等，我则站在阿尔法妈妈身后。办事员认真负责，由于她认识阿尔法妈妈，就一边写缴费单子一边问阿尔法的情况。靠近阿尔法爸爸的一位物业工作人员则问："那您是阿尔法爸爸吧？"阿尔斯兰礼貌地说："是的。"那位工作人员接着问了一句令我心里一惊的话："哦，你们是阿尔法的父母。他可是很火的小明星啊！一年挣不少钱吧？那你们两个就算是靠阿尔法养活吧？"说心里话，就算这个人一脸天真，毫无恶意，这问话也确实很无理，我甚至担心阿尔法爸爸会恼了。

阿尔法妈妈也听到了，没有说话。阿尔法爸爸非常平和地礼貌地说："也可以这么说。但我们俩之前是有工作的，因为孩子还小，他热爱表演，出去演出的时候我们大人才要跟着照顾。"我心里暗自给阿尔法爸爸鼓掌——没有废话，条理清楚，这是阿尔法爸爸用汉语把内心感受表达得最清晰准确的一次。我再一次领教了他沉稳智慧的一面。

其实我们可以想一想，即使阿尔法很有艺术天分，一个默默无闻的孩子从祖国的西北边疆到北京来，也非常需要他的父母放下所有陪他走。路途遥远，而在北京，他们等于从头开始，谁都明白万事开头难吧。这里面怎么能没有辛酸？怎么能没有比常人更多的付出？我见过阿尔法妈妈哭，也见过阿尔法爸爸眼眶湿润，都是因为他俩想实现阿尔法的一个愿望，却又因办不到而着急无助。试想如果不是父母一个在前面披荆斩棘，一个在后面保驾护航，阿尔法怎么可能鲜活地站到舞台上？

好在阿尔法争气，他成功了，否则他的父母为了儿子背井离乡地来北京又一事无成地回去，人们即使钦佩他们的勇气，还会羡慕他们吗？

其实，阿尔法妈妈在曾经的单位是很出色的，几乎年年被评为先进工作者；阿尔法爸爸自己做过电影演员、制片人，有自己的事业。他俩还是都放下了，为了孩子。人们更应该思考的是，如果您有这么一个有天赋的小孩，您是否愿意放下自己、放下自己的事情去帮助他，陪着孩子去实现他的梦想和愿望？

阿尔法无疑是为舞台而生的，通过这些年的交往，我是这么认为的。他在生活中单纯善良，舞台上成熟、有气场。如果他是个上舞台就害怕、不自然的孩子，那么他的父母不论为他再努力都是白搭，而事实上阿尔法是很享受舞台的，用他的话来说就是：“我是‘人来疯’，现场人越多我越兴奋！”不论在几万人的体育馆，还是和成龙等大明星一起演出，不论是为少管所的孩子们演出还是在美国、加拿大参加华人春晚演出，阿尔法都情绪饱满，活力四射。一个在舞台上可以兴奋的孩子，一个可以随意表演而从不怯场的孩子，但凡有过舞台经验的人都知道那是很不容易做到的。

更神奇的是，阿尔法从来没有一次因为任何原因拒绝上台演出。他出道时那么小，换作其他人难免会有耍小性子的时候，但是阿尔法从来没有。阿尔法妈妈不止一次地感叹："我这个孩子真是让我省心，我们如果去外地演出，常常要一大早起床赶飞机，阿尔法从来都是一叫就立刻起床，洗脸刷牙，没有一次赖床。我这孩子让我都惊讶，不服不行！"究其原因，阿尔法很清楚地告诉我说："我做我喜欢做的事情，干吗要拖拖拉拉。我也不想我妈妈为我操心。而且我妈妈叫我起床一般都是因为去演出，演出就是工作，对待工作我是很认真的，必须认真，哈哈，我是玩真格的！"

让我们把镜头闪回——"阿兰这时候表现出一个好演员应该有的素质：只要是化了妆扮上了，就安静地候场，从来没有抱怨。跟过剧组的人都知道，演员常常会带妆很久还拍不到戏，因身体引发的不舒服会让演员心情不好，进而烦躁。事后想想阿兰无疑是用实际行动为阿尔法做出了榜样，因为那是阿尔法的第一次群体生活和集体合作，也是第一次做一份相对长期的工作。他从父亲那里学到了工作态度，之后的阿尔法也确实这么做了，只要是关乎工作的事情，都很认真，不会找任何借口敷衍工作。”

父母是孩子的第一位老师，阿尔法无疑有一对榜样级的父母，这是他的幸运。

如今的很多小朋友都很会花钱，因为不但有父母，还有爷爷奶奶、姥姥姥爷一大家子人宠着。可阿尔法妈妈却不止一次感叹："我这个孩子从不乱花钱，这一两年才开始存自己的压岁钱。我给他办了个存折卡。"我内心也不止一次感叹：这是个自己能挣钱的孩子，却居然不知道花钱，从我最早认识他到现在都是如此。

去年秋天的一个傍晚，阿妈妈出去办事还没回来，我和阿尔法在小区院子里遛弯，他忽然高兴地说："翊琳姑，你不是爱喝咖啡吗，我刚发现一种好喝的咖啡，你肯定喜欢。还有一种香蕉牛奶很好喝，就是有点贵，在前面那家韩国店里。"我说："咱们去看看吧，很贵吗？"他说："有点贵！"

进了店里，他指给我看，是韩国产的星巴克玻璃瓶咖啡，十九块八一瓶；韩国产的香蕉牛奶饮料，很小的一瓶十二块五。我说买吧，他就拿了一瓶星巴克和一瓶香蕉牛奶。我付了钱，他说："谢谢。"我们一直走到楼下的长凳坐下，我问："怎么喝？先喝哪个？"他说："先喝这个小的香蕉牛奶。"他打开，递给我："你先喝。"我喝了一口："确实好喝！”他很高兴，说：“看，我没骗你吧，口感不错吧。”我递给他说：“阿尔法是从来不会骗人的，我相信你，而且从今天起我更相信你的口味很不一般，因为这个香蕉牛奶真的很好喝！”他呵呵地笑起来，把香蕉牛奶一口喝完（其实也只剩一口了）。他打开星巴克咖啡：“看，我们把咖啡倒在这个小瓶子里，我们可以干杯了。”“真是好主意，干杯！”

夜幕拉开一点点，我俩认真地喝着咖啡，四周是二十多层的楼，时光静好。“翊琳姑，我要是很有钱就好了。”“干吗？”“这个咖啡是四瓶一提，咱们只买了一瓶，如果我很有钱，我就可以一次买四瓶，可以喝四种口味。”“那你想现在就一次买四瓶吗？我刚好还有可以买四瓶的钱。”“现在不用，我是说，以后我可以挣很多钱的时候。”我想对他说什么，却什么也没说，我总不能说：你挣了很多钱，可以一次买得起四瓶星巴克咖啡。就算他各买一瓶饮料我们分着喝，我也会尊重他的意思。不知道是他爸爸妈妈保密工作做得好，还是阿尔法的单纯天性使然，但我想我必须和阿尔法的天性保持一致，就让他保持一个孩子简单纯净的心吧。

2012 年元旦，阿尔法参加北京邮电系统的一个演出，和张一山、王莎莎，还有一个小女孩作为开场嘉宾演出。阿妈妈开车早早地带着我们到了演出的地方，中间还领了盒饭。吃饭的时候，阿妈妈让阿尔法和潘长江老师合了影。沙宝亮不为饭菜所动，两个不吃饭的人也合了影（阿尔法也没吃饭）。

吃完饭不久，张一山闪亮登场，还带了3个和他一般大的伙伴。小青年张一山酷劲十足，头发整齐坚挺，清瘦的脸上留着修饰过的小胡子，穿着一件系腰带的很时尚的大衣，裤子和鞋子“潮酷”。他们在阿尔法对面坐下来，互相打量了一下，没有打招呼。阿妈妈说，其实他们在《我爱我家》时见过面，那时就合过影，现在两个孩子长大了倒拘谨起来。阿妈妈用维语和阿尔法说着什么，阿尔法摇头，好像是让他和张一山合影他不肯。张一山自顾自地坐在那里目视前方，他的3个伙伴在一旁玩他们自己的。大家就这么坐着。忽然，张一山从大衣口袋里拿出一瓶瓶子像小炮弹一样的饮料往面前的小茶几上一放，瓶子上满是外文，也很酷。他一直没喝，就这么放着。

几天后，我很兴奋地对阿妈妈和阿尔法说：“你们知道张一山那天放在桌子上的饮料多少钱一瓶吗？”他俩摇头。我继续兴奋地说：“我昨天在大望路的星光天地地下一层看到了，一瓶498元！”阿妈妈：“我的天啊，那么贵！我们阿尔法可没喝过那么贵的饮料！”阿尔法说：“不会吧！”我说：“是啊，一看价签我也吓一跳，那么小一瓶卖这么多钱。我还很八卦地把售货员叫来问呢，她说这是国外原装进口的功能性饮料，可以迅速补充体能。”阿尔法说：“就算是这样也很贵吧。”我说：“所以我特意问了售货员，这个饮料怎么喝，她说直接喝也可以，但可以兑水喝，一瓶大概可以兑十次水。”阿尔法释然了：“哦，我说嘛，怪不得那天他没有打开，也许他没有杯子来加水。他还是很节约的嘛！这还不错嘛！”阿妈妈总是会及时地肯定儿子，“对，阿尔法说得对，小孩子不能乱花钱，要注意节约！”当然，那天两位美少年在临上舞台时还是合了张影，两人都摆出了最酷的表情。

阿尔法很善良，出道的时候还很小，就会顾及挤不到跟前来要签名的小朋友，主动请工作人员把在外围挤来挤去的小朋友的本子拿来给他签名。

我看到过一个温暖的场景：一次，阿尔法代言的某产品新闻发布会后，他和每一个人或握手或拥抱，不论对方是市长还是产品老总，是司机还是服务员。我喜欢看这个场面，一个孩子一下子让每个人都很平等地感受到温暖和友好，可能有人会有那么一点点不自在，但大多数人都很开心。阿尔法的个人魅力使他赢得更多人的喜爱。

我想每一位家长都希望自己有一个孝顺的孩子，神奇的是阿尔法的孝顺竟然能让自己的母亲都深受感动。阿妈妈说：“有一次我们回乌鲁木齐，下了飞机就去我婆婆家。阿尔法冲进屋子就去找奶奶，他和奶奶亲嘛。我在外屋和家里人说话，阿尔法突然大叫：‘妈，你进来一下！’我以为什么事情呢，吓了一跳，进里屋一看，阿尔法正摸着他奶奶的腿对我说：‘妈，你看我奶奶的腿都肿成这样了，一按一个坑，你明天一定要带我奶奶去医院看病，你一定要答应我！我奶奶没有钱，我有，我的钱够给我奶奶看病的吧！’你不知道，当时还有别的亲戚在屋子里，阿尔法这么一说，我真的不好意思，脸都红了，连忙答应他明天带他奶奶去医院。你看看他心多细，这本来该是我和他爸爸操心的事情，他却来要求我们做，我当时真的害臊了！”

而我亲眼所见的一幕，更让我感叹：妈妈能有这么个孩子，值了！那年阿尔法大概十岁，阿妈妈因事要离开北京两个晚上。临行前的那天，阿尔法和表姐阿伊诺尔准备去看电影。阿尔法和阿妈妈说了路上要小心保重之类的话就往门口走，到了门口，他突然折了回来，在我们前面，脸冲着窗户跪下，口中念念有词地磕了一个头，起身和我们说了再见才走。

整个事情发生得干脆利索，毫无征兆。他说的维语，当然我没明白他说了什么，满脸惊讶地看向阿妈妈。阿妈妈满含热泪地说：“我也没想到。你知道阿尔法刚才在干什么吗？他在祷告，跟真主祷告：我妈妈要出远门了，求您保佑她一路平安，平安回来！我这次要走两个晚上，而我们之前从没有分开过。你看这孩子，我也是第一次见他这样子，很意外很激动，真的！”我说不出话来，不知道该说你真是好福气，有这么懂事的孩子，还是说你真棒，怎么教育出这么懂事的孩子，我要是有这么个孩子该多好。

阿尔法还很懂事。他曾经让我当了一回演员：哭中带笑，笑中带泪，还要说台词——这很考验演技，我只亲眼见过刘雪华和孙兴在1997版的《侬本多情》中表演过一次，当时现场的所有工作人员都被他俩的表演感动翻了。

那天在阿尔法家吃完晚饭，我和阿妈妈在餐桌边说话，阿尔法在屋里写作业。我和阿妈妈继续聊天，说着说着就说到我的个人问题上，阿妈妈说，遇到合适的人还是要结婚的。阿尔法出来吃水果（阿妈妈总是会买很多水果洗好切好放在桌子上），听到我们的话题，语重心长地说："翊琳姑，我妈说得对，你得结婚了。你想啊，我们像一家人一样，但你也不能天天来我家吧。我不是说你不能天天来，而是我们要出去演出，经常不在家。那平时谁和你说话呢？没人和你说话。谁照顾你呢？女人是需要男人照顾的。你得找个素质高的人结婚。你知道什么样的男人素质高吗？我知道！就是他见你的时候，从身后给你拿出一支玫瑰花来的男人，就是给你送花的男人，你知道了吗？素质高的男人会保护你的。"

当一个十岁的孩子给我说这些的时候，我没法平静，泪已满眶。阿尔法有点紧张地问："我说错了吗？”我笑了，泪中带笑地说：“没有，你没有说错！你说你这小屁孩啥都明白呢，说得还在理！我亲妈都没给我说得这么具体。对了，要找还是要找素质高的人。”阿妈妈呵呵地笑着说：“阿尔法说得对！我儿子都这么说了，你可得抓紧了！”

2008年底的圣诞节，阿尔法妈妈出去办事，我和阿尔法在家。到了下午6点多，阿尔法就说，昨天平安夜你答应我今天去看电影的，咱们现在就去吧。我俩穿好衣服往外走。那时他还不太讲究，妈妈给什么衣服就穿什么。现在长大了，有爱美之心了，衣服虽然还是妈妈买，但他有态度了，会和妈妈讨论合不合适，好不好看。他的耐克鞋子多一点，红色的蓝色的黄色的都有。他开始注意自己的形象，出门前是要照镜子的，如果不能确定穿哪一套的时候，还会照得久一点。

我们打车去了望京的华星电影院，时间比较合适的一场是晚上8点多的《咏春拳》。我俩都想看，就买了票。开演之前，为了打发时间，我和他去了游戏厅。平时阿妈妈阿爸爸是不允许他去游戏厅的，他有点担心：“我爸我妈知道了怎么办？”“今天是圣诞节，就算破例一回，可能说得过去，要不打个电话问问你妈？”“刚才出来时已经打过电话和她说我们看电影来了，现在就不打搅她了吧。”

我俩在游戏厅转，先玩了小游戏，钓鱼什么的。他又去看有什么好玩的，回来说：“我看见一个大哥哥买了一大包游戏币，太爽了！”他兴奋地比划了一个大大的圆。之前我俩是五个五个地买，玩起来是不爽，一会儿就玩儿完了。我说：“那一大包游戏币要多少钱？”他很肯定地说：“50元吧！”我毫不犹豫地说：“去买！”我想是不是圣诞节做活动，一次买50元的游戏币就多给几个。交了钱，服务员给了25个币，看起来怎么也不像一大包。我说：“不太多啊！”阿尔法边往口袋里放边说：“是没有我刚才看见的多，不过我保证慢慢玩，我会多玩一会儿的！”

他去玩赛车，玩得很好，跑好几趟才会死一回，投一个游戏币又能玩好一会儿。在有真车以后，阿尔法可以把他妈妈的车原位掉个头再停好，经常搞得阿妈妈出现幻觉：嗯？我的车头本来冲里面的嘛，怎么冲外面了呢？后来发现是阿尔法把车开出来，再倒进去，阿妈妈又惊奇了：“你啥时候学的车呢？不可能啊，我没让你动过车啊？”阿尔法乐呵呵地说：“我自己看的，就学会了。你们忙的时候，我溜出来就倒车了。”阿妈妈说：“你还小，绝对不能开车的，听到没有！”阿尔法就乐呵呵地答应着。

到现在我最后悔的是：为什么那天没买200元的游戏币让他过一个有一大包游戏币的圣诞节呢？

我在他身后不远处看着，坐了会儿才走过去对他说：“你在这里玩，我去楼下逛逛小店。”那时候他还小，几乎没有单独一个人出去过，他的姐姐哥哥都有陪他出门的时候，出了门都会寸步不离。“那你什么时候回来？”“很快，大概15分钟，就在楼下随便看一下。”

我准时回来，站在他身后没有说话。他意识到我回来了，转过头来简洁地说了一句很经典的话：“谢谢你在我身边！”然后继续玩他的赛车游戏。我惊讶于他的情商，更赞叹他用词的准确：在这句话里，他没有说“谢谢你陪在我身边”，可能多加一个“陪”字会显得见外。他说得自然而诚恳，使我再不能也不好意思离开他半步。这是一个孩子的魅力，他可以随时打动你，赢得你的友谊。

阿尔法天性开朗，也会经常学他妈妈的口吻和别人说话：“孩子，你要好好吃饭啊。”“孩子，你要多喝水，不然脸上要长痘痘了。”“孩子，你要早点睡觉，明天还要早起啊。”……他会坐在钢琴前放着音乐假装自己在弹钢琴，表情和动作手法会让你觉得就是他弹的，相当投入，或者说他的表演投入，惹得阿妈妈阿爸爸哈哈大笑，很欢乐。我仔细想了一下，除了有那么一小段时间他为自己的身高和脸上的痘痘苦恼了一下，基本上是无忧无虑的。

有一幅画面至今仍清晰地印在我的脑海里，我想那也许是真实的阿尔法——落入凡间的精灵，孤独着美丽：2008年5月（之所以记得清楚是因为他刚刚拍完电影《武当少年》回到北京），那天我和弟弟去阿尔法家给他挑衣服，为第二天拍照片做准备。北京难得地下着雨，我们走进小区院子的时候，雨不大但没有停，高楼林立的空地中有一个高出地面的水池。整个小区院子里只有一个少年蹲在水池边，把透明的塑料伞夹在下巴下，两只手在操作游戏手柄，玩一只电动船，眼神专注平静，仿佛世间与他无关，仿佛一切都在，他沉浸在自己的世界里。

灰蓝的天空下着雨，整个院子只有一个少年歪着头用下巴夹着透明的伞安静地在玩他的电动船。船在水里单调地转过来转过去，一遍又一遍，一遍又一遍。我们莫名地感动，远远地给他抓拍了一张照片，他长长的眼睫毛清晰可见……

KENWOOD

Arafat Arslan

我是阿尔法

图书在版编目（CIP）数据

我是阿尔法 / 阿尔法著. -- 南京 : 江苏文艺出版社，2013.11
ISBN 978-7-5399-6667-0

Ⅰ. ①我… Ⅱ. ①阿… Ⅲ. ①纪实文学－中国－当代
Ⅳ. ① I25
中国版本图书馆 CIP 数据核字（2013）第 242603 号

书　　名 我是阿尔法

作　　者 阿尔法
责任编辑 黄孝阳
出版发行 凤凰出版传媒股份有限公司
江苏文艺出版社（http：//www.jswenyi.com）
发　　行 北京时代华语图书股份有限公司 010-83670231
经　　销 凤凰出版传媒股份有限公司
印　　刷 北京盛兰兄弟印刷装订有限公司
开　　本 710×960 毫米 1/16
印　　张 12.25
字　　数 200 千字
版　　次 2014 年 2 月第 1 版，2014 年 2 月第 1 次印刷
标准书号 ISBN 978-7-5399-6667-0
定　　价 39.80 元